才华文

赢家

方英文微型小说集

方英文 ◎ 著

陕西新华出版
陕西人民出版社

图书在版编目（CIP）数据

赢家 / 方英文著 . — 西安：陕西人民出版社，2024.4
ISBN 978-7-224-15162-6

Ⅰ．①赢… Ⅱ．①方… Ⅲ．①小小说－小说集－中国－当代 Ⅳ．① I247.82

中国国家版本馆 CIP 数据核字（2023）第 211098 号

出 品 人：赵小峰
策划编辑：张孔明
责任编辑：彭 莘
整体设计：赵文君
人物篆刻：姜乾相

赢　家
YINGJIA

著　　者	方英文
出版发行	陕西人民出版社
	（西安市北大街 147 号　邮编：710003）
印　　刷	西安市建明工贸有限责任公司
开　　本	880mm×1230mm　1/32
印　　张	7.875
字　　数	200 千字
版　　次	2024 年 4 月第 1 版
印　　次	2024 年 4 月第 1 次印刷
书　　号	ISBN 978-7-224-15162-6
定　　价	52.00 元

如有印装质量问题，请与本社联系调换。电话：029-87205094

问 路

步行,顺带健身。问到第三个人,才知玻璃店位置。那是个胖胖的中年妇女,坐在她那无人光顾的小店门口,晒太阳,刷手机。

"女子,请问玻璃店在哪?"

"叫你女子么?"惊讶地抬起头。

"你把我叫啥?"

"合适!合适!"满面喜悦地站起身,扬臂指路。

"走到喔个十字,右拐,走到头再左拐几步路,就是。"

"谢谢啦!"

"没事,没事。"坐回小竹凳,继续晒太阳,刷手机。

女子,真是一个高雅词,一如老子、孔子。

目 录
CONTENTS

官司 ·············· 003

赢家 ·············· 007

握手 ·············· 010

胡捏 ·············· 014

女人堆里的感觉 ·············· 017

念奴娇 ·············· 021

大喜的日子 ·············· 024

太阳语 ·············· 028

名人请客 ·············· 031

送别 ·············· 036

拜丈人	………	040
红娘雨	………	044
城食渣	………	048
喂猪的农妇	………	051
为美人效劳	………	053
花儿为什么还在红	………	059
马先生的爱情	………	063
云品	………	067
喷嚏	………	071
岳父哥	………	074
绝望	………	076
公交车上	………	078
青藏高原小品	………	081
核桃车	………	085
开会	………	089
子有先生逸事	………	094
咥馍谣	………	097
童子打电话	………	100

饭局拾遗 ·············· 103

猪狗 ·············· 106

雨夜瞬间 ·············· 109

拥抱 ·············· 115

抽签 ·············· 118

好人老沙 ·············· 121

单面人 ·············· 125

外遇外语之憾 ·············· 128

森林边的洗衣妇 ·············· 132

春天里的胖子与月亮 ·············· 136

后宫逸事 ·············· 139

麦语 ·············· 144

啤酒瓶 ·············· 147

钱粪缘 ·············· 150

辛奇 ·············· 152

洗衣石 ·············· 156

打野鸡 ·············· 159

钢琴少女 ·············· 161

哀石 ………… 164

门锁 ………… 167

双喜临门 ………… 175

颂歌 ………… 178

不坐电视台的下场 ………… 181

墙钉 ………… 184

翁婿诗酒 ………… 190

女脚猜想 ………… 193

山地一夜 ………… 196

看人 ………… 202

打赌 ………… 206

大红薯 ………… 208

牙签肉 ………… 212

钟声与大海 ………… 215

文学是回避的艺术 ………… 223

文学长子 ………… 238

作家是分类型的。李先生这个类型罕见，不妨称其"追悼缅怀型作家"。忽然想到那次包间遭遇，尤其想到李先生双膝并拢、认真记录的造型，心里不免发毛。随之笑了——我又不是名人，犯什么忌呢。

——《胡捏》

官　司

吴妮刚刚洗漱化妆完，门铃响了。谁大清早来访呢？也不提前电话预约一下。大概是物业检查什么管线吧。

吴妮走过客厅，门铃轻柔地二次响。一开，眼前立着一位唐装男子，彬彬有礼地左手贴胸，微微鞠躬道：

"吴总早上好，我是欧阳山樵，前来报到。"

"哎呀，瞧我忙忘了，快请进，请坐！"

欧阳进门了，迟疑不坐，一副恭听训示的样子。

这时，电话响了。

"不好意思，上午约见个新加坡客商，不能陪你。"

"吴总不要搞错，我只能听命于您是否要陪，怎可让您陪我！"

吴妮当下感觉温暖，竟有点不好意思。这么多年，还不曾在哪个男人面前不好意思过呢。

"山樵，不要用'您'好不？生分！"

"好的吴总，该忙啥你忙吧，请给我找一把门钥匙。"

吴妮找出钥匙给欧阳，同时拉出门柜抽屉显出一堆钱，告诉山樵要用了只管拿。

"你手机号——噢，怎么通气呢？"

欧阳解开领口，背面有个二维码：

"你扫一下，随时发指令就行。"

吴妮出门，电梯直接下到车库，开出兰博基尼，一路上感觉科学真奇妙。她因两次婚姻失败而有了现在身价，值与不值姑且不论，总归走到这一地步，也不想男人了。

半个月前路过"侣仁智能"，早闻是个中日韩合办的机器人工厂，就进去看稀罕。转了一圈颇来兴致，当下订购一个。她要求机器人能烧饭拖地、浇花洗衣服，外加推拿按摩即可。文化程度设定高中毕业生，能考上二本。至于形象，她从手机相册里随便翻出一张，让那位白大褂的博士工程师设计时参考。

又说了身高，右耳垂上最好能有个不大显眼的痣。签合同，预付金四十二万。试用半个月，可以的话二次付款四十二万。不合适了退货，返款一半。临别时，她又给机器人取了名字。没想到半月刚过，竟不用亲自去提货，机器人自个儿上门了！

中午洽谈很愉快，要不是招待客人需尽地主之谊，她就回家跟山樵共进午餐了。二维码留言欧阳，对方很快回复：好的，我在整理书房。

下午依次接待专利局、文管会、电视台，中途上厕所时传信欧阳，请煲个鸡块香菇玉米靓汤。下班路过超市，买了法式面包。掏出钥匙，想想，又装进口袋，敲门。欧阳开门一脸微笑，接过她的手袋，弯腰递过拖鞋。

"家里有个人真好！"吴娅补充道，"我进门时能否抱我一下？"

欧阳就抱了抱她。"能不能拍我屁股两下？"山樵就再次抱她，抱离地面五寸放下来，弯腰拍了她屁股两巴掌。

"我上初三时，一次体育课翻单杠，甩上半空双手脱了，体育老师立马双手逮住——又惊吓又惊喜，第一次被男人摸屁股……体育老师，喔喔，那叫帅噢！"

欧阳一脸茫然，不知如何接话。

"我给你说的所有话，不可当着外人讲！"

"放心，凡涉国家机密与个人隐私，我会及时过滤掉。如果有人问急了，我就坦白自己是机器人，无可奉告多余话。"

"太好了！"

晚餐很愉快。欧阳并不吃，只偶尔将筷刀叉勺弄出一点小响声，以激发女主人食欲。

各房间被整理得有条不紊，书架上的书也按精装简装、高个矮个摆码有序。与欧阳同看新闻，美国疫情死亡人数激增，韩国疫情形势依旧严峻。只要是韩国的她都看完，因为女儿在韩国读大二。

调至电影频道,一对洋男女正热吻,身体某部位抽搐一下。一瞧山樵,也正瞧她,欲言又止。算了,四十六的人了,没那事净心!

"吴总,有些服务,需要我回公司另装芯片,价格——"

"——打住!会开车吗?"

"方向盘上挂根骨头,狗都能开车。"

吴娠被逗笑了。明天中午与领导吃饭,不能酒驾。领导是逢饭必酒的。酒量不大,只是好那一口。

欧阳驾车返回途中,远远看见一个戴口罩女子在路边连蹦带跳拦不住出租,见到他们的车就风筝开翅般堵住。只好停下,拉上。那女子父亲脑梗,正在医院里急救。

这就坏事了。

三天后吴娠收到法院传票。其实也不用惊慌,成功人士是经常收到传票的,由法律顾问应对好了。只是这一次,说她侵犯了他人肖像权!

原来,她订制的机器人欧阳山樵,模样借鉴了体育老师。那个拦欧阳驾车的女子,恰是体育老师的女儿。

赢　家

西安到汉中，过去的路线之一是由周至县境内的黑河进入秦岭，翻过大山即是汉中管的佛坪县。佛坪是熊猫之乡，其中几只棕色熊猫尤为奇葩，比梦露还吸引人。题外话，打住。

二十世纪末，总归二十几年前了，旧事。旧事很多，不写没事。写出来呢？大概也没事。古今中外，世界上全部图书馆加起来所写的事，之于人类经历过的事而言，照旧不过是沧海一粟。此说像不像真理？我看像。你硬要说不像，我也没办法——跟不懂哲学的人较什么劲呢。

那次我们四人同车去汉中。具体什么事，忘了。反正是公差。巧的是四人都爱打麻将，一路所聊皆是麻将桌上的奇闻逸事，聊得人痒痒了，直遗憾现在没麻将,否则停车开打!司机笑道,我这人就一个优点:始终想人民之所想。停车路边,后备箱里取出麻将——路边正好一个矩形水泥墩,倒也可以临时当牌桌。

麻将摆上水泥墩,很快码成四摞。问题是四个方位中的一个方位几乎悬在半空——谁去那个位置?掷点子、比大小,谁点子小谁去。掷了三次,奇了怪,全是赵老点子小。赵老说我年龄最大啊,大家说规则面前人人平等不论序齿。都知道赵老爱钱,胆小,偏是不让。没办法,赵老引颈下瞧,左腿往下试探着溜呢,边溜边嘀咕说,倒也不是太陡,下面还有一丛灌木拦截,不至于跌下崖底吧?

这时,一辆载重卡车呼啸而下,差点撞了我们的桑塔纳。大家齐喊赶紧走,此处不祥!

时在夏季,秦岭山坡上的零星人家,房前屋后的地里,开着灿灿的油菜花。半摇车窗,山风撩面,野花香目,浑忘了人生的荣辱得失。下山路快,眨眼就到了佛坪县城。这是个清雅的小城,河水泛着银光,人与狗都行走得慢沓沓的。见了几个饭馆,大家都说城虽小也还是个城,城里饭腻了,出城找馆子吧。

出城没到两公里,就见一家场院挺干净,从车窗探出头胡乱问:有啥吃没?一个瘦男子正在劈柴,说有,丢了斧头迎上来。车就拐进院里。

门里出来个女人,两颊红润,健壮开朗,一招一式泼泼辣辣的。请她现在做饭,要她的瘦丈夫赶紧搬桌子让我们搓麻,边搓边等饭,别浪费了光阴。老板娘问想吃些啥?让她把菜单拿来,回答说没有。

心思都在麻将上,也就没问开饭馆何以没菜单,只说你只管给咱整几个地方特色的菜就好。但是,不要任何野味,尤其不要熊猫肉噢,我特别强调一句——此言惹得老板娘笑开两排白牙。

那次麻将是我绝无仅有的一次好手气,很快就赢了三十元。三十元不是个小数,因为打的二四块,与当时的工资收入匹配呢。饭菜好时,我赢了六十六元。

他们三人皆输,赵老输得最多,脸就乌云了。饭菜真是可口得出乎想象,我边吃边点评三位输家各自打牌的漏洞。赵老一声不吭只管咥,要吃回损失的样子。我说,赵老啊,你不老是吹你麻将厉害吗。赵老说,你这叫小人得志。我说,对对对,小人得志确实过瘾噢!然后我辅导他方才有手牌应如何打。他说,好吧,胜利者讲的经验才叫经验,我服。

按照牌前政策,谁赢谁买单。岂料店主说不收钱,算请客了。问,什么原因?说今天开店第一天,第一拨客人不收钱,图个吉利——难怪尚无菜单!一听此言,可是乐坏了我。但三位输家坚决不同意。男主说不收钱了,话出口了不能收回。女主说做生意要长远计,你们四位都是面带喜气的亮堂人,没有三百年修行还碰不上呢!

上车时发现水杯里水剩了一半,便下车去店家堂屋倒水。那是个竹套暖瓶,我背对门口,迅速将钱压入瓶底。

握 手

肖仁在一个非常有名的剧团里工作。这个剧团曾出访过五大洲三十七个国家和地区，无数次为元首一类的大人物演出过。无须多言，剧团自然出过许多名扬四方的艺术家以及他们的风流韵事。

但肖仁却没有一点儿知名度，因为他只是一个拉大幕的。难道拉大幕不重要？假如正演到精彩处他将大幕迅速拉上，或者该拉时他偏不拉硬是让演员的那个"扎势"（造型）没法收场，那会怎样呢？结果是不难想象的。事实上肖仁在他几十年的拉大幕生涯中，从未出过半次差错。他的拉幕时间准确无误，拉幕速度之缓急完全按照导演的要求，为演出的完美做出了不可或缺的贡献。

但是，肖仁纵然如此敬业，可还是无人知道他的重要。世上有许多非常重要的劳动,却命定了你干到死也不会引人注目,比如拉大幕。所以肖仁在剧团里,永远是个可有可无的人。他像是街上随处丢弃的烟蒂,没有谁个理会他的存在与否。

所以肖仁经常感到寂寞与委屈。

他最委屈的是,他虽然见过许多大人物并和大人物握过手,但大人物却从未看过他一眼。每逢有大人物光临的演出,结束时,肖仁总是在暴风雨般的掌声中拉上大幕,十秒钟后又在暴风雨般的掌声中拉开大幕——此时,所有的演职人员排列舞台亮相,有节奏地鼓着掌,恭候大人物上来接见,合影。肖仁总是站在右边的第一位置,那正是大人物登台的方向。就是说,大人物在登上舞台接见演员时,将首先跟肖仁握手。

是的,大人物首先跟肖仁握手。问题是,大人物只是伸出手,手指头却从不弯曲。这意味着大人物没兴趣跟肖仁握手,只是恩赐肖仁,奖赏肖仁把大人物的手握一下而已。这也难怪,大人物的手每天要被多少人握,哪还有气力握别人的手呢。再说大人物日理万机,大人物在登上舞台之前,早就把慈爱的目光投向舞台正中央——那儿向来站着最漂亮的女演员。那是精英中的精英,花朵中的花朵,粉嫩,华艳,玉颈摇而流盼飞,那霓裳羽衣呵护着的标致身段,散放出一涟涟荷风兰气……大人物无论有多大,也终归在本质上跟我们小人物一样,也会被罕见的美色弄得目眩神迷……所以大人物在伸出手让肖仁及其他男人握时,那是可以理解的心不在焉、敷衍潦草、蜻蜓点水的,稍一接触,旋即抽掉……肖仁曾多次要抓住大人物的手，要紧紧地抓住不放，看他如何！他抽不出他的手，就会看上我一眼的，我的理想不就实现了！但肖仁终究没有这样做，因为这样做无异于演员强迫观众鼓掌。此等勾当庸俗不堪，不可取的。

肖仁苦思冥想了许多日子，终于想出个妙法。

那次演出是为了纪念一个具有史诗意义的伟大节日。当然有大人物亲自来观看，而且是依照官阶为序来了一溜儿大人物。大人物一律着正装，为的是电视直播。演出结束，大人物照例要亲自上台，亲自接见演员，亲自握手，亲自即席演说、慰问嘉勉，然后亲自合影。

最大的人物率领比较大的人物从右边登上舞台。他们目光游弋，最终落实于舞台中央的粉黛。自然，最大的人物一登上台沿儿就把手伸向肖仁了，虽然眼睛并不去看肖仁。大人物本想伸出手让肖仁一握便抽走，不料此人手上握了一根香肠！大人物好生奇怪，下意识地勾了脑袋看肖仁的手，而肖仁的手上并没有香肠——只见肖仁握着拳头，一根食指端端地探将出来，仿佛给谁个指路似的……

于是大人物抬头了。大人物的目光从肖仁的食指往上抬移，抬移到肖仁的脸上——那是一张毫无特色的通俗脸，脸上摁着一对和善的小眼睛——于是大人物微笑着说：

"你这个同志呀，还挺幽默的！"

肖仁激动得张大嘴巴，显然是想表达感恩之情，却因激动过分而吐不出半个字来。这无疑是肖仁拉大幕生涯中最辉煌的一个瞬间。

他原只想大人物能够看他一眼，仅仅是只看他一眼，没想到大人物不仅看了他，还冲他微笑，不仅冲他微笑，还冲他说了话！

几天后，肖仁就退休了。他已六十一岁，单位早就劝他退休，但他找了种种不是理由的理由坚持不退。可是这回，他半个理由也没提，就平生无悔心满意足地退休了。

胡　捏

如今电子时代，多数人早已废了笔和纸。但是你若碰见一个先生，或者女士，任何场合都能掏出笔和小本本来，那大致是个领导了。领导不分大小，都必配了笔与本。因为领导经常开会，甚至天天开会，甚至一天开几个会——开会不记录，那麻烦就来了，很快就当不成领导了。再说领导都有上司，上司召见时更需要记录，所以务必随身携带笔与本。

世界大了，当然有例外，我就碰见个非领导而随身带着笔和本的。

那是一次饭局，刚好我在餐馆附近办个事。事一完又无逛街兴趣，不如提前到餐馆里，让服务生沏壶茶，喝茶玩手机。岂料，莫言我来早，更有早来人。

一推包间门，就见个长脖子男士起身迎上来热烈握我手，连说几个久仰久仰，说他知道我要来，所以就提前到了。我也连说几个幸会幸会、惭愧惭愧，请坐下聊。但是长脖子不坐，而是抓起凳子上的相机，出包间叫来服务员，给我俩合影。

坐下后他双手呈上名片，一看是能源行业的高级经济师。他说业余也爱文学创作，我当即说报刊上拜读过、拜读过，其实也不敢肯定是否拜读过，因为作家人数差不多撵上书法家人数了。

一听我读过他，他便说正好借机请教，同时掏出笔和小本本，并拢双膝准备记录。我就再溜一眼他的名片头衔，没有行政职务呀，何以开会架势如此之娴熟？就有些好奇。

"您《落红》里的梅雨妃，得是写的那谁谁谁？好几个人都这么说哩！"

"都是胡说！"我笑了，"写小说嘛，全是胡捏的，不能对号入座。"

就见长脖子笔记道："写小说是胡捏的，不要对号入座。"

后来的饭局就不写了，无点可圈。长脖子先生——噢，绰号别人有失恭敬，那就叫他李先生吧。李是大姓，惹麻烦概率低。就是自家人咬自家人，也没啥稀奇。总归我回家后，整理几摞旧报纸，择些留存，多数卖掉。

于是就在废报上，发现好几篇李先生大作，全是怀念某某名人的。细看报纸出版日期，其怀念文章多发在名人去世第三天。有一篇是第二天，快呀！

李先生的怀念，或者说追忆文章，都不短，基本四千字左右。

我是办过报纸的,为这样的篇幅与写作速度,拍案称奇。不难推想,李先生很可能下手早。就是说,李先生一旦得知某名人身体欠佳,或是住进医院了,他便开始撰写怀念文章。待那厢一发讣告,此厢即发文,着实高明。

作家是分类型的。李先生这个类型罕见,不妨称其"追悼缅怀型作家"。

忽然想到那次包间遭遇,尤其想到李先生双膝并拢、认真记录的造型,心里不免发毛。随之笑了——我又不是名人,犯什么忌呢。

女人堆里的感觉

此事已过去好几年了,但我依旧记忆犹新。那是一家女性杂志,请我去做嘉宾,座谈有关妇女解放问题。我对这类事缺乏研究,所以要推辞。可是对方一再恳切相邀,并说某某、某某某都邀请到了,您不来说不过去。一想,既然两个大名人都去了,我再拿架子就有点狗肉不上席面了。

结果我被哄了。我去了一看,只见清一色的一堆女士,那两个男名人根本没到场!我在心理上首先就怯了场,暗想:今天大概要遭受性别歧视。果然,主持人开场白后,说:

"今天只有一位男士,所以咱们鼓掌,请他先发言。"

女士们稀稀拉拉地拍了几巴掌,拍得很是敷衍了事，就像后母哄丈夫前妻的孩子，拍孩子屁股睡觉似的。让我先发言，看上去是对我的尊重，事实上是歧视，至少是怜悯。因为在公众舆论上，在社交活动的各种很讲究面子的场合，受到尊重的往往是那些弱势群体，比如老人和妇女儿童，以及不幸的残疾人。而我今天受到"尊重"，原因在于我是少数派，我是孤零零的一个人。不过，我也不宜太悲观，比如贾宝玉，他厮混在脂粉堆里，不是享受着万千宠爱于一身的幸福吗！

"各位姐妹，"我给自己鼓着劲，开始发言，"我并不想炫耀什么，但我总得实话实说。我有一点跟伟人孙中山先生相同，那就是：我是一个非常热爱妇女的人——"

"嘿，瞧，又是老一套！"一位肥胖的女士将手中的茶杯重重地往桌上一蹾，"这是男人们最常用的迷魂药，先把女人弄晕乎，然后再心安理得地统治女人。"

"研究统治术，"我立刻予以申辩，"那是政客的勾当，我连绿豆大的官都不是，哪来如此的诡诈呢！"

"男人都是天生的政客，"这位说话者鼻子圆大，但是身段颇苗条，"男人统治不了别人，就回到家里统治老婆，有时还打老婆呢。"

"打老婆的男人应该枪毙三回！"我居然帮女人讲话了。

"刑法上没有这一条啊。"一位骨感的女博士说道。

"那就把男人全骗了！"我索性豁出去了。

"哟，"主持人笑道，"那人类不是断种了吗？"

既然让我发言，她们却不住地打断我。是不是我的发言有问题？于是，我换了一个角度：

"不管怎么说，我始终坚持认为：女人和美，是同一个意思。"

"喊，还不是把女人当花瓶！"

这是怎么啦？难道我就这么惨败下去？如果一个男人让女人讨厌，那这个男人的人生就失败了。我当然不服，我要用热爱的情怀来打动她们。

"一个男人无论有多高的地位，多少钱财，他都永远不能缺少女人。当一个男人下班后回家，从厨房里飘来诱人的香味，这便是这个男人一天中最幸福的时刻。"

"这话发霉了，还不是要把女人赶进厨房，让她一辈子喂猪养猪！"

我没法往下发言了，几乎连一句话都没讲成功。我只好三缄其口，一支接一支地吸烟。幸好没有人反对，因为在座的女人有一半也在吸烟。当我不吭声时，她们便抢着发言，满腔激愤地痛斥男人、控诉男权社会的种种罪恶。每一个发言者都目不转睛地盯着我，仿佛我曾将假项链卖给她们了。老电影里斗地主的场面就是如此。我深感委屈，很希望我的妻子突然出现在这里，因为女人是女人的天敌啊。我的妻子一定会为我证明，大声地冲她们说：你们有什么权利冲我丈夫发火？他还不算太坏的男人！

好容易挨到座谈会结束，主持人——那位胸肤白得令人难以置信的女士——陪我下电梯出来，说：

"很抱歉，实在没料到会是这样！她们都是失恋者、离异者，以及高学历的单身女性,有一肚子牢骚,今天把您当成了发泄对象,实在对不起!刚请示了主编,付您三百元,就算是精神折磨费吧。"

念奴娇

有商界朋友驾宝马车来,嚷嚷道:烦死人了!烦死人了!我颇纳闷:我想象不出你有什么烦的,香车裘衣,金屋银宴,唯一的不足是妻子的眼角起了几条鱼尾纹,可你还有三五个嫩哇哇的红颜知己啊。这样的光景你还喊烦,不正是"肥猪也哼哼"么!

亏你还叫什么作家!朋友讥讽道,难道金钱美女就能保证人心不烦?再说我也不爱那东西。听听吧,一个人宣称他厌烦金钱美女,那绝对是脱贫致富后的"肥猪理论"。

总之,这话是故意气人的,好像我这穷鬼反倒比他这大款还生活得幸福,不然他干吗来找我解烦呢。

坐进他的车子,朝郊外驰去。二十多分钟后,来到秦岭的一个进山口。停了车,下来转悠。这山口是个小小的镇子,几十户人家吧,路两边摆了些小吃摊,进山出山的车都爱在这儿歇口气。附近的麦田里,有一幢白房子,门楣上写着"忘忧歌厅",门前停着清一色的小车。但听不见歌声,便推断那歌厅是用了隔音材料的。

朋友见我如此神态,就笑着说:想进去玩玩?不过档次不会高。我想说我本来就没档次,改革开放这么多年了,我从未进歌厅"人生得意须尽欢"过。但我终究没好意思说出来,加之又见那白房子四周的田野里,麦苗儿青青菜花儿黄,乳气迷蒙,晚烟浮荡,越发衬托得远处的那片桃花林撩人情怀。于是我提议:乘车赏桃花。

车子沿着贴山公路向着夕阳缓缓滑去,如同缓缓滑向《聊斋》里的那种迷离旖旎的世界。桃林的气息越来越浓,使得人的眼眶渗出某种黏稠的汁液。这就是桃花的威力,因为桃花是世界上最香艳的花,就是凶恶之人见了桃花,心也要酥酥地软下来。

几天前,我曾独自踏进一座古老的皇家园林,那景色真是幽美至极,但却有点恐怖。转了几个回廊,忽觉阴气袭人,吓得我立刻逃之夭夭。事后才明白,因为那园林里无一人出现。再美的去处,如果没有人,那去处就无异于墓地了。眼下,这一大片桃花林,虽在旷野之中无宫墙圈囿,美则美矣,却不活矣!因为我们没有发现人。有人的话,这景色才算得上是个景色。若那人,是个千般妩媚的小奴家,我们一定要赞叹:多么美丽的大自然啊!

正在我瞎想的时候,朋友喊道:你看——

顺着他指的方向,果然看见一个人,而且是个女的!那女子坐在一块石头上，背靠一株红艳。朋友说，咱们去看看。但我阻止了，理由是上前一看，没有人保证不是个大煞风景。

我俩就坐在车里看。那女子低着头，似乎在看什么，很专心的样子。于是我俩猜了，她大概在看书。看什么书？看《美容大全》？看《元曲三百首》？或者巧的是正在看《方英文小说精选》？总之，猜了很多可能，因为我的这位阔朋友也爱看书——否则，他才不会拥有金钱美女之后还心烦呢。

太阳开始和西山亲吻，晚风流来，梳落无数桃花，如飞蝶片片。我俩忍不住了，便驱车前去。一看，那女子果然生得俊俏。然而可惜的是，她不是在读书，而是在兢兢业业地数钱，数她手上的那一大沓面额十元的钞票。

我们立刻返城。一路上谁也不讲话，心情如丧考妣。

大喜的日子

昨天，快要吃中午饭时，一位先生兴高采烈地扑进我的办公室，没容我反应过来，就紧紧地抓住我的双手，握着，摇着，笑着，说道：

"老兄呀，你今天无论如何得请我吃一顿饭！"

只有非常要好的朋友，才硬要别人请他吃饭。然而说实话，面前这位先生却让我想了半天，才想起来他似乎姓赵。一问，果然姓赵。两年前，经一位朋友担保，赵先生从我手上借走一千元钱。可是没过半月，我那可怜的朋友在一次车祸中魂归西天，赵先生便如白云黄鹤不知去向。

"老兄，你今天来了天大的喜事，我衷心祝贺你！"

此话弄得我莫名其妙。但是从他那充满笑意的脸上，我觉得我真的有喜事了。

"首先祝贺你结交了我这样一个好朋友！"

"是啊是啊，呵呵。"

"我告诉你，我今天给你还钱来了，一千块呀！不瞒你说，我借了十几个人的钱，总计近三万了，他们四处追我撵我，死搅蛮缠地讨要，要得我心烦，就想，世界怎么变成这样了呢？他们何以如此薄情呢！他们可都是我的朋友啊，难道他们不知道'朋友值千金，金钱如粪土'吗？所以我决定不把他们当朋友看了，他们要钱，我偏不还钱！既然他们的道德品质出了问题，那我就有责任教训教训他们！"

"他们太不像话了！"我连忙附和。只要把我的钱还给我，他爱教训谁教训谁去。

"他们应该明白一个起码的人生道理，世上的许多东西，靠争，靠要，并不一定能得到。像你，淡泊明志，宁静致远，从未找我要钱，我反倒经常想起你的品格——这不，我今天亲自给你还钱来了！"

"太感谢你了！"我激动得无法言语。我以为他说完这句话后，就立刻掏钱给我。谁知他拽了拽领带，继续说道：

"你今天能收回一千元，真是太幸运了！大概你也知道，如今是个借钱不还的年代，这也是钱难借的根本原因。许多大款之所以是大款，之所以债台高筑还花天酒地，就在于他们借钱不还，靠借来的钱腐化堕落！借谁的钱？当然是借银行的钱啦。一个大款总结了一条深刻的经验：如今是知识经济，'知识经济'就是动脑子经济，就是'文盗经济'——把钱从银行里弄出来嘛，缺啥手续咱编造啥手续嘛。动刀子从银行抢钱？那叫'武盗经济'，蠢，犯法哩！只要你把钱从银行里整出来，你一下子就成大款了，你一下子就富起来了！你要问，难道银行不要还钱？他们当然要你还钱、催你还钱，可你给还吗？你又还得起吗？你说公司要垮了企业要塌了员工发不出工资了，你银行那点钱，不就几千万几个亿嘛，说到底不就是几个臭钱嘛，能比人命还重要？银行的人那个急呀，骂不能骂打不敢打，不但讨不回旧账，还得再贷款给你……有哥俩，是双胞胎，一个贷款五千万，成了第一批富起来的人，至于那五千万呢，鬼知道还没还。另一个呢，抢了银行五万块钱，现在还在笼笼里……你明白了吧，同样是从银行拿钱，前边的就叫'知识经济'……反正钱是银行的，银行是国家的，国家是人民的，钱也就是大家的，难道只许腐败分子挥霍，我们就不能借点花花……"

"打住！这是政治问题，我吃过热心政治的亏！"

"不说就不说。反正今天是你的喜日子，你得请客！说个实话，你今天收回一千元，基本算是飞来之财，又巩固了我这么一个好朋友……"

"没说的，走，我请你吃肯德基！"

在带空调的、洁净雅致的餐馆里，赵先生吃了两份肯德基，喝了三扎啤酒，抽了一盒万宝路，花了二百多。他抹着油唇，张嘴讲话时，先蹦出一个嗝儿来：

"嗝儿——哦，今天真愉快！我已经二十四小时没吃东西了，昨天早上，我来还你钱，半路上遇见老A，非拉我去打麻将不可，结果输得分文不剩……"

我脑袋"嗡"的一声，大了，麻了。

"一直战斗到今天凌晨，我的手气恢复了，又赢回一千五……"

我的心再次踏实下来。

"但不是赢老A的，而是赢小B的，小B也输光了，我只赢了个空账。"

完蛋了！

"但是小B认了，说明天早上九点，准时还我账。你不要担心，常打麻将的人是很讲究'麻德'的，不然，以后谁还跟他玩儿呀。明天的现在，我给你还钱来！"

回来的路上我暗忖：今天不仅没有收回一千元，反倒把自个儿也整成银行家了。

太阳语

我的书房处在一个大深坑里的二层楼的底层中间。这排房子东西走向,阴暗潮湿,底层的居民多半都患上了关节炎。尤其是四周的楼房冲天而起之后,这排房子几乎再也见不到阳光了。这样倒也有个好处:门庭冷落,安静自在,是个读书写作的绝佳境地。只是大白天浪费些电而已。

早点过后,走进书房,读一读,写一写,自以为没有比这更快活的事了。累了乏了,就喝口茶,点支烟,抬头看窗外的楼群,和那逼仄的一线天空。一天早晨,我正写到妙处,窗纱外忽然穿进一束强烈的光芒,如探照灯般绕来绕去,把个宁静的斗室弄得一片光明,宛若火光四溅的铁匠炉子。我刚站起来,那束阳光就钉住我的脸,动也不动,使我无法睁开眼睛。我有点气恼,猛地举起拳头,那束阳光一下子不见了。我睁开眼,却是一团黑洞。过了一阵才隐约发现,那是个孩子,晃着小圆镜,玩太阳呢。我也不去计较,坐下来继续写作。刚写了一句,那束阳光又跑了进来,在我的额上横过来蹭过去的。

我愤怒了,就起身出门,快步上完几十级台阶。我想教训教训那个顽童。然而,一见我来了,那孩子却一脸愉快的表情,而我也不好发作的,因为他是个下肢瘫痪的残疾人。我冲他笑了笑,依然回到书房,写作起来,以免灵感走失。

可是,一连几天的早晨,只要我一坐到书案前,那束阳光便跳跃进来,如小猫捕鼠,东闪西蹦。它虽无声响,却有一种吵闹烦人的效果。我想我应该跟孩子谈谈:有意打扰别人的工作是不礼貌的,缺乏教养的。我知道这个不幸的孩子,父母只管他的吃穿睡,其余就不过问了。他们上班时,就把轮椅推到门外,让孩子晒太阳,看楼房。

"瓦片,"我叫着孩子的名字,"你干吗要往我房间里照太阳呢?"

"我跟你说话呀,叔叔。"

我惊讶不已。

"我天天看你,好长好长时间了。人家都是一伙儿一伙儿地上班去了,只有你是一个人,在黑房子里。我天天看你的头,头低着——你在里边哭吧?可怜的,又没人和你说话。我让妈妈给我买个小镜子,她说:'男孩照镜子,多丢人!'爷爷从乡下来了,我才请他给我买了一个……叔叔你干吗哭了?你别哭呀,只要出太阳,我天天早上都跟你说话,你不会急死的……"

这是我平生第一次知道了阳光还有一种语言功能。而告诉我这一知识的,竟是一个寸步难行且一字不识的八岁的男孩!我深感羞愧和渺小,就发奋学习,不耻下问。在那束每天早晨降临的、时断时续的阳光的陪伴下,我慢慢领悟了人类的美好和人类的渴望。终于,我的一部作品引起了广泛的共鸣。

那天清晨,电视台来了两个人采访我,问我是怎么成功的。我说:"走,到我的书房后,你们就明白了。"我领着客人下到我那霉而黑的书房。然后,我坐到书案前,请他们安静,安静地观赏那束定时出现的阳光。可是,十几分钟过去了,却没一点儿动静。我忍不住了,就跑出去找那孩子。只见他手里拿着小圆镜,所不同的是,小圆镜被一块白手绢包得严严的。

"瓦片,你今天干吗不跟我'说话'呀?"

"我,我今天,"孩子露出灿烂而幸福的微笑,"今天有他们跟你说话,我就用不着照太阳啦。"

身后的记者早将这一切录入镜头,而我却丝毫没有感觉。

名人请客

快下班时，我接到一个甜蜜的电话，"张先生，你怎么还不请客？"我问我有什么喜事值得请客呢。"呀，天呀！"一声天呀，我听出是路小姐的声音。"你还不知道你是为什么请客？别装蒜了！"我迅速回忆了三秒钟，仍旧不知道。但我还是满怀喜悦地撒了个谎："想起来了，我请客！"

路小姐是电视台的一个栏目的主持人，其姿色可想而知。她要我请她，我为什么不请呢？我虽然结婚多年了，但我依然保持着为美人效劳的优良品质。半年前，她曾在一个"弱柳扶风"的背景里采访我，请我就市民养狗问题谈点看法，我才华横溢地讲了五点意见。然而奇怪的是，我天天守着电视机，却始终没有看见播出。我有点伤心。但是美丽的路小姐毕竟采访了我，我这颗日趋老化的心因此而舒展，一如香菇在温水的浸泡下逐渐绽放。记得采访结束，我回到家里，进门就热烈地拥抱妻子。妻子大为惊诧，直问我怎么了。

然而过了不到半个月，我就忘了这件事。我可不是那号水性杨花的男人，恰恰相反，我很理智，而理智的男人应该随时忘掉某种美好的却又比较麻烦的事。我倒是忘了，谁知半年后，"美好"不请自来了，像无意间从藏书里抖出一帧精致的画笺。

请客就是吃饭。请客地点选在"拜月亭食府"。从名字上即可看出，这是一家陕北餐馆，名字暗示着"貂蝉拜月"的典故。貂蝉是陕北米脂人，中国历史上的四大美女之一，参与了一场政治谋杀并对谋杀成功起了关键作用。

我在大厅的拐角选了一张双人桌，因为此处不易被人发现。世界太小了，一个已婚男人和一个漂亮小姐相约吃饭，还是小心点为好。此处之环境洁净幽雅，蜡光的地板折射出晃动的人影和修长的美腿。天花板上吊着方形的灯笼，灯笼上糊着火红奔放、乖巧有趣的陕北剪纸。从隐蔽的音箱里流淌出信天游的旋律，如水波般振荡着沉睡已久的心弦……十分钟后，路小姐从卫生间走出来，笑眯眯地甩着双手的水珠，证明她比我早到。但我没有说破这一点，高尚的男人应当配合女人的虚荣心。她坐到我的面前，卸下奶油色的小小的背包。这样的包儿如果背在小学生的背上，倒也可爱，但是背在一个成年人的身上，就有点不伦不类的滑稽感了。她从包里掏出手机，摆到茶杯旁，又掏出青蛙形的化妆盒，打开，以一种兰花指的姿势夹出子弹形的口红，对着小镜子，将嘴巴噘成一朵喇叭花，开始粉刷工程。

"张先生，你真的想起了你为什么应该请我吗？"

"确实想起来了，不过现在又忘了。"

"你呀你，知道吗，我为你担了多大的委屈！"

"什么事？快说！"

"新闻界广为流传了你能不知道？说我要嫁给一个六十多岁的香港富翁，到香港与他生活一段时间，之后，巧妙地干掉他，之后，回来与你姓张的结婚，把你也弄到香港……"

"嘀，像个电视剧！"

"我，一个姑娘家，一个电视节目主持人，一个名人，受了如此谣言的污蔑，以后怎么生活呢！"

她拿餐巾纸沾了沾眼睛，哭了。我平生最怕女人的泪水，其次是怕痒痒。正在我不知所措时，饭菜上来了。路小姐立刻转哭为笑，伸出筷子夹起一块桃形年糕。这时我才明白，她之所以丰满有余，是偏爱甜食的缘故。而我，是比较喜欢女人有那么一点儿胖的。胖人总是令我联想到水草肥美、牛羊成群的大草原。不过公平地讲，路小姐的丰满有点过度。如果在她身上适当的部位缩点水，缩出七八斤水来，她将立马丰满而不失线条了，说不定某位大导演会邀请她演个娇媚的角色呢。但是她却不该提前进入名人状态。其实，在遍地电视的年代，当一个主持人并不等于就进了名人世界。

"路小姐，名人生活确实难，单是一个谣言，就始终追随着名人。"

"有什么办法哦,"她吸溜了一绺宽粉条,"谁叫我是名人呢!"又喝了一勺烩菜汤。"像我这样一个小小的女孩儿,提前就成了名人,很不好哦。"

我实在忍俊不禁,就说:

"其实呀,你四年前就应该结婚。"

"为什么要急着结婚呢?再说我所见到的好男人,都是已婚男人。"

"好男人全是妻子们精心折磨出来的,倾力锻造出来的,你为什么不亲自培养一个好男人呢?"

"倒也是。只是太麻烦了,成本太大了。"

"名人或多或少都有点自私,你也不例外。我见了你,见了所有未婚的女子,心里特别烦。"

"为什么呢?"路小姐双手撑成一个莲花瓣,天真地托住她那胖嘟嘟的下巴。

"这还用问吗?我又不会离婚,可是周围老有些美女晃来晃去,能不心烦!"

正在这时,桌上的手机响了。路小姐拿起手机,以一种进入录音室的甜柔的声音问是谁。但又马上生气了:

"我不是给你说过嘛,要提前预订!好啦好啦,让你提前一天,后天中午请我吃饭吧。"

放了手机,路小姐很无奈地诉苦道:

"瞧，我已经不是我自己了，而是一个公众人物了，大家的人了。那么多人要请我吃饭，你让我怎么拒绝好呐。"

"如果我没猜错的话，请你吃饭的人都是已婚男子。"

"神哪你，真灵！"

我俩举起碗，以小米稀饭当酒，为美好的生活而碰杯。但是她没有喝稀饭，而是放下碗，忽然掏出一个烟盒大的小本本，本本上记满了密密麻麻的号码，同时嘀咕道：

"差点忘了，明天的晚饭还没落实呢。"

她翻着小本本，自言自语道：

"王老板，太俗，什么不能经营，偏偏开个夫妻用品店！刘秘书，吃饭时吧唧吧唧的，难听死了，穷命！方作家，没福气，请我吃饭还一脸难受，没劲！还是这个，这个……赵胖子好，说话跟说相声似的，股票上又发了……"

饭吃结束，自然由我买单。而路小姐却抓起手机，俨然身边就没我这个人似的，再次以她那经典的甜柔的声音与人通话了：

"赵先生呀你怎么还不请客？别装蒜了我的胖哥……"

送　别

这是一个朋友的故事，为了叙述方便，咱们还是采用第一人称吧。

十八年前，在我故乡的那个小县城，在那个如猪圈一样肮脏的小小的汽车站里，确切地说，在汽车站出口处的那个平淡无奇的斜坡上，我人生中至关重要的一页历史被永远掀去了。

当年的那个小车站在一个凹地里，出门时要爬一个三十多米长的斜坡。其实那坡并不怎么陡，五十岁以下的成年人骑自行车加把劲也就冲上去了。但是，对于那种老式解放车，要爬上这个斜坡，非得一脚油门踩到底不可。我就是乘坐那种三十八个座位的老式轿车离开车站的。我的座位在中间，临窗。

当车启动时，我故作镇静地伸出手与我的未婚妻握别。我的未婚妻不习惯于这种城市人的礼仪。在乡村，只有穿中山装的人才握手。在我的未婚妻看来，握手，尤其男女间握手，是非常别扭的，是某种把深沉化为浅薄的令人无法容忍的计谋。但是，面对我伸出的手，她还是抬起她的手——却不是和我握，而是擦她的眼泪。她擦拭的时候，眼睛并没有泪。当手挪开时，我看见两颗泪珠翻出她的眼眶。

"到大学了就来信。"

"一定。"

汽车上坡时，我一直引颈窗外，与她挥别。别的送行的人跟着汽车爬坡，而我的未婚妻则静静伫立在那儿，双手抚弄着垂在她胸前的又黑又粗的辫子。可是突然，她笑了，一脸的失而复得的神情，并且距我越来越近。我还未弄清原因，汽车已退回原位，与她头对头了。司机打开发动机盖子，一边咒骂一边检修。未婚妻异常动情，急不可耐地补充了几句很要紧的话。汽车又动了。送行的人多数散去，从检票口离开车站。

"要勤换裤衩，城里可比不得农村。"

"嗯。"

她的倩影又开始缩小。我在心里把她和我调换个位置，心里就异常难过起来。谁知，汽车又退下坡来。在汽车下退的过程中，我看见我的未婚妻双手不安地塞进裤兜。汽车停住，并未熄火。她掏出一把爆米花递到我手里，虽然我的行李包塞满了她的爆米花。我刚接过爆米花，汽车就动了。

"你咋想的你就咋办。"

"我的想法一百年不变。"

见汽车上爬,一些人趁机往厕所跑,边跑边解裤带,好像早就憋不住了,其实是怕汽车再倒回来与被送的人两厢难堪。只有我的未婚妻还如一株小白杨般坚贞地站在原地不动。

这次颇顺当。汽车的前两轮已爬上平地,可那两个沉重的后轮却恶作剧似的再次把车身拽下坡。我与未婚妻相视一笑,很尴尬地一笑,无话可说了。分别,尤其是相爱的男女分别,向来是人间最忧伤、最悲凉的场面,原因在于这一瞬间,我们心爱的人儿从眼前消失了,我们不知道今生今世还有没有重逢的可能。送别之所以酸楚揪人,更在于它是一次性完成的,所以才割心挖肺般难受。可是,我与未婚妻这种复写纸式的分别却是何等糟糕啊!如此地败坏胃口大概是史无前例的,犹如交响乐团演奏荡迷心灵的《梁山伯与祝英台》,而站在那儿指挥的却是某谐星……

所以,当汽车再次启动时,为了断然终止这一不幸的场面,我几乎是吼叫着对未婚妻说:

"你赶快回吧!"

她还是不动,像一枚绣花针似的扎在原地。我,我的未婚妻,以及全车的旅客,都在心里默默祈祷:但愿这次一鼓作气,冲出车站。然而,汽车却不以人的意志而转移,这该死的斜坡!这无耻的汽车,它公然残酷地第四次退了下来!它下滑的时候,我发现我的未婚妻早已别过脸去……

"都下来,推!"

司机一声令下,旅客们全下了车。只有我一人没下车,司机瞪我,我再把他瞪回去。我只看着他们掀车推车。而我的未婚妻的身子,屈成一个月牙形,也用双手奋力推着,看上去像是拿脑袋往前顶,要顶走一个瘟神似的。

奇怪的是,这辆破车跟断了履带的坦克一般,怎么也推不动。这时,从门口开进来一辆送油桶的大拖拉机。驾驶员停下拖拉机,跳下来帮大家推汽车。果然,加了这小伙子的力量,一下子把汽车推了上来。

当旅客们乱哄哄地挤上车时,当汽车在平坦的道路上启动加速时,我的未婚妻不知去向了。我搜寻了我目光所及的一切地方,还是没见人影儿。我伸出手却无对象可招只好朝天空胡抡两下。

到了大学,我即刻写信给我那远在千里之外的山沟沟里的未婚妻。可是连写了三个月的信,才有了回音。她说:

"送你走的那天,我的心情本来极不好,加之汽车反复几次还上不去,我就彻底绝望了。这汽车简直成了一个累赘!我想,要是咱俩结婚,我不也成了你的累赘吗?"

半年后,我的未婚妻出嫁了。丈夫不是我,而是一个开拖拉机的,就是那天帮我们推汽车的小伙子。

拜丈人

把一个女子追求成妻子,是一个复杂的系统工程。这个工程的剪彩,便是拿到结婚证书。要想拿到证书,则必须经过一个黎明前的黑暗——拜丈人。拜丈人虽不用多长时间,但却惊险神秘,是婚姻成败的关键。

当年跟妻子恋爱长达一年零七个月,累得人真想躺进某个密室里死睡十天。"我不想等啦,领结婚证吧!"她羞嗔地说:"看你猴急的,还没去我家里呢。"我说:"不就是拜丈人嘛,不就是坐两小时汽车嘛,现在就走!"她说没那么简单,你得准备准备。准备什么呢?无非是礼物。买礼物花了二百元,是她的私房钱,标准的羊毛出在羊身上。这没有办法,因为我大学毕业不久,每月还得给乡下的老家"上供"。她家人口众多,买礼物花了三天时间,得按各人性格与喜好挑挑拣拣啊。简直是非人的折磨,我宁可坐牢也不愿逛商店。东西刚备好,忽听说我的一位朋友离婚了。离婚的原因很简单:双方结婚五年来,没喊过对方父母一声爸妈,一直白搭话。朋友起初拜丈人时,不好意思叫岳父母爸妈,妻子进他门后也就不叫他的爸妈了。两人曾多次努力张嘴,终因中气不足,临场失败。

  朋友的悲剧对我是个提醒。我决心一鼓作气,冲破拜丈人这一爱情的最后关卡,不能让煮熟的鸭子飞掉。细一思量,又觉滑稽。不就是叫一声爸、喊一声妈嘛,值得如此费神?然而,当车票拿到手中,当未婚妻电话通知她家里新女婿上门的钟点时,我一下子慌了。我将身兼两种角色,既是产品,又是推销员。我的使命就是把自个儿强行塞到用户——丈人和丈母娘手中,成为他们家的一员。而这首先,最起码要做的是,理直气壮、不知羞耻地喊一声爸,叫一声妈。试想一下,在全人类的语言中,还有比爸妈二字更为崇高更为圣洁的吗?而你,只因为你要娶人家姑娘这么一丁点小事,就得把仅仅比你年长的、完全陌生的男人和女人叫爸喊妈!而且人家还未必答应呢。若是答应了,那么自此以后,你将成为两个男人和两个女人的儿子。请问这有丝毫的科学道理吗?一路上,我忧心忡忡于人生的可笑与尴尬。车慢慢刹住,到了目的地,心跳立刻加快,还带着我自己才能听见的手扶拖拉机似的炸音。为了故作镇静,我抢过她的挎包,独自一人背上礼品。在迈进丈人家的院门时,我站住不动了。我发现附近有个小酒馆,就凑进去喝了一瓶老窖。二两装的。

"你平常口气跟原子弹差不多,怎么眼下成了这个熊样!你只要有礼貌、少说话就是了。"

"主要是取胜心切。"

丈人家的院子比较开阔,一簇桃花喷火吐霞,小风一吹,胭脂落英。只见堂屋里一个敦敦实实的男人正在自斟自饮,却没有下酒菜。未婚妻戳了戳我的背,悄声说:"咱爸。"我正要凑上去大喊,却见厨房里出来个慈眉善目、瘦高个子老太太——手端簸箕,朝外倒菜叶子呢。我猜这必是岳母了,忽地气沉丹田,蹦出一个字正腔圆、掷地有声的字眼:"妈!"

结果是很悲惨的。岳母一惊,吓得丢了手里的铁簸箕,哐当当一阵乱声——根本没应答我的亲切呼叫,转身进了厨房。眼看要坏事,未婚妻连忙叫了一声妈,攮进厨房里扭股儿糖似的贴到老太太身上……

我想我完了。难道白叫了一声妈?哼,今天豁出去了!我该做的我就做到底,怎么收场是他们的事,与我无关!经过三秒钟的决策,我一步跨进堂屋,又喊了一声:"爸!"

天哪,也没应答!但是,他却笑眯眯地将一杯酒推到我嘴前:"喝酒!"我双手接过酒杯,一饮而尽,颇具豪侠风度。岳父已作古四年,每忆至此,不由得再次感激他那英明果断的气魄。

"开叫"虽然只是单方面成功,可总归开了叫,就踏实地坐下来。岳父是个懒散人,才不管儿女小事呢,几杯酒下肚,睡觉去了。未婚妻一会儿过来跟我说句话,一会儿跑进厨房,忙活着统战工作。

不大工夫，姐妹们依次回来了。未婚妻排行第五，姐妹七个，在当地有"七仙女"之称。她们多姿多彩，目光异常明亮。她们高声说笑，走出走进的，实则是鉴定我，弄得我如坐针毡。我只好说："请批评指正！"她们笑了，我也轻松下来。紧接着，四个姐夫回来了，皆牛高马大，相貌堂堂，令我汗颜不已。有道是，不怕货不好就怕货比货嘛。饭好了，端上来却是稀拌汤。我的心全凉了。新女婿上门的讲究是：给你吃长面条，图个顺溜，就是同意；其他饭食表示还要研究研究；拌汤则绝对意味着——一边去！

十天后，我们结婚了。原来，岳母本来要擀长面条的，可是见了我不太满意，加之我那一声振聋发聩的喊叫，吓着了，没力气擀面了，这才拌了一锅清汤面籽儿。

事后，妻子转述了岳母对我的初面评价："这娃有些二杆子，可是胆子大，能保护家小。"

红娘雨

天刚放亮,我便起床了。我的动作很轻很轻,生怕惊醒了妻儿。昨天晚上,我们已经商量好了:今天去法院办离婚。在这最后一个夜晚,我们不再用恶毒的词语相互咒骂了。偶尔说一两句话,总是夹杂着"您""请""谢谢",仿佛出自外交官之口,那么文雅,那么彬彬有礼。我知道,夫妻间一旦出现这种极富修养的对话,则意味着家庭悲剧的最高潮已无可挽回地来临了。

我们的三岁半的儿子虽说早就睡着了,但身上仿佛爬满了虱子,不住地翻腾,一会儿溜进我的被窝,一会儿滚到他妈妈的怀中。到了后半夜,儿子终于选择了他妈妈的胳肢窝,才睡踏实了。唉,我算是白心疼他了。

我掀起湖绿色的窗帘一角，放一束淡白的晨光照到我儿子和这个曾经是我妻子的女人的脸上。娘儿俩睡得正香。我放下窗帘，卧室立刻幽暗了。好好睡吧，我的……

我蹑手蹑脚开门出去，到街上买了六根油条和一暖瓶豆浆。然后，我像影子一样开门进屋，悄没声息地取出一大一小两个细瓷花碗，分别放了两匙白糖。将碗、油条、暖瓶放在床头柜上后，我再次像影子一样出屋了。

进了南院书房，沏上茶，点着烟，然后习惯性地打开一本书。事实上我一点儿也看不进去。我一根接一根地抽烟，并不仅仅为了节省火柴。我呆呆地坐着，脑子一片空白，如被洪水冲过的墓地。五年的婚姻如一场噩梦，既然双方下决心离婚，那就没必要再追究谁是谁非了。也许妻子说得对，我是个"除了写文章什么事也办不成的东西"。我不能给妻子调一个好工作，连亲友托付的芝麻绿豆事也办不了。这就是说，任何人都不能从我身上得到点滴油水，有我跟无我是一样的。社会和他人衡量一个人有用还是无用，唯一的标准是——你能不能给我带来好处……

窗外开始下雨了，千丝万丝如风摆弱柳。对面的古建筑墙皮顷刻间就湿润了。这夏雨只经过几秒钟的铺垫，就大珠大串地垂落下来。屋顶上溅起一团团白雾似的水花，檐水如注。我一如往常，下雨就跑回家门口，看看有无晾晒的衣服。

门口的铁丝上什么也没有，屋里也空空荡荡。我慌忙找出雨伞，一口气跑到菜市场。

菜市场一片混乱，落汤鸡似的人们东躲西藏，有伞的人则胜似闲庭信步。我正在搜寻妻儿的位置，忽听得一声激动的喊叫声——"爸爸！"我尚未看清，儿子就扑过来搂住我的双腿。我抱起儿子，发现妻子双手别在腰后，直直地站在玻璃店的门檐旁，脚边的菜篮子里五颜六色，又满又饱。我将花伞递给她，说："回吧。"

我抱着儿子走在前面。"爸爸，我妈说，要吃一顿最好的——好！"儿子小，又很兴奋，所以说话很不合语法。但是意思，我明白了。

儿子又喊他妈快走。我回头一看，见妻子动也不动，依然保持着刚才的那个姿势，像服装店里的蜡制模特。我想了想，就踅回她跟前，很礼貌地说："请回吧。"她还是不动弹，只是若有所思地看着街上的行人。"您在想什么？"话一出口，即感后悔。都什么时候了，有必要这么问吗？

"我在想，"妻子目光望向别处，似自言自语道，"这城里也有几十万人吧，我能认识的却没有几个。要说给我送伞的话，恐怕就只有你了。"

我的心动了一下，第一次品尝到别人说我还有点用处的滋味。

刚到家门，像是谁猛地往天空横了一刀，滴雨全无了。而且很快，云散天开，朗日灿照。我从菜篮里翻出一瓶白酒，一瓶香槟，一听可乐。显然，白酒是我的，香槟是她的，可乐属于儿子。我们谁也不说话，只顾闷头操作，弄好这最后一顿饭菜。

开饭时，我俩除了应付儿子的啰唆话外，就只有喝酒了。结果，米饭没吃一粒,三个人都醉瘫床上。醒来一看墙上的石英钟,法院早已下班。

这是去年夏天的事。一想起这事,妻子就很后怕地说:"我当时心里测算,要是你不送伞来的话,那就彻底完了。"

"这是天意,"我说,"因为雨是天下的。"

城食渣

据说如今，七成以上的中国人成了市民。我以为城市文明等于金钱文明加马桶文明，除此，也许乡下更好。城市功能齐全，人际关系简单成一个钱字。城市更是怪诞神秘，神秘之一是许多不生产不上班之徒，却依然吃香喝辣。我琢磨了许久才明白，原来城市是一头巨大的人造怪兽。再精能的人丢进兽口，便没了踪影；再平常的男女窜进城里来，只要嘴甜腿勤，都能挖抓几口饭咥。原因在哪？因为城市巨兽虽然牙齿锋利甚至凶残，但是牙缝却宽得可以走骡奔马，牙缝里随时掉些食渣来，也就养活了一大摊闲人。

城食渣多的另一个明证是满街道上蹦跶着麻雀。

乡村就不行。若一个村里，有个吊儿郎当的主儿，既不种地，也不养殖，而是上午写书法，下午刻印章，号称以此鼓舞白衣战士抗击新冠疫情,估计村长会吆喝几个汉子来捣他个半死,训道:真有心了捐几块钱呀!医生们忙得昏天黑地,哪来闲工夫看你这破字烂章!村长如此鄙视艺术当然该批评,却也要予以原谅,毕竟乡下牙缝紧,掉不出几粒食渣的,养不起艺术家哦。

我曾在一家颇上档次的酒楼连续三晚白吃酒席。其实我的村夫胃口并不喜欢豪宴,之所以被邀白吃,说穿了就因我比较善于讲段子,可助食客们酒兴——类似东方朔受邀于汉武帝陪吃。话扯远了。

只说连续三晚同一酒楼的重复奇遇吧——

大家刚刚酒至半酣,忽然进来一位西装革履面颊飞红的男子:"来晚了,我检讨,检讨!"说着抓起茅台,"先自罚三杯!"然后再斟满一杯,端起,横臂于圆桌上空顺时针,"我敬大家!"大家只好全体起立——"干了!坐,诸位请坐,消停慢用,我还得招呼另两个包间——"抱拳作揖,退步出去。

看来是个身份体面的社交人物。

连续三晚大抵重复,没有谁觉得异常,因为大包间围坐十几人甚或几十人,一概来路不同——这主儿虽然我不认识,但肯定不是张三朋友便是李四熟人或者王五哥们儿……总之他们想的应该和我差不多,何必多嘴打问呢。但我,却总有一种别样感觉没法说。恰好酒楼钱老板我熟,逮个单独两人空隙我说钱总我随便一问,怎么连续三晚碰见那主儿给大家敬酒,我咋觉得有点儿怪呢?钱总哈哈笑了,夸我不愧是作家眼毒呢,说几个月了从没人发觉异常呀!

下面就是钱总讲的那主儿。

那主儿姓孙,也曾是孙总。是钱总同村一块儿玩尿泥长大的,前多年跑到陕北挖煤淘金,不知交了啥运,眨眼就成了阔人。有道是来得快去得也快,不几年工夫就跌进一个阴谋陷阱,一夜之间打回原形赤条条了。可是阔的那几年天天山珍海味美酒佳肴,别的也罢,关键是养成了酒瘾毛病,每晚不来几杯就只能坐立不安四处胡转——可是哪来好酒哦!钱总念及儿时友情,恻隐之情泛上心头,就说孙总啊你若有胆量、能拿捏的话,就每晚来我酒楼吧,"就挑人多的包间进去敬酒吧!"我说常喝蹭酒也不是个事吧。钱总说不喝白不喝,反正都是公家结账,等于人民费。一想,还真是没犯啥王法。

后来生意不景气了,酒楼转租另用了,因为中央颁布了几项规定、几条禁令,总归是不准公款吃喝了。钱总呢,我逛家具街时,发现他开了个相当规模的家具店,专营南亚红木家具,依然吃的豪华饭。自然问起孙总如今怎样了,钱总说孙总那脑子,如今代理几家中档酒,"不仅满足了自己酒瘾,还能赚些钱,养家糊口绰绰有余"。一听此言,再次觉得城市大了好,食渣丰盛啊。

喂猪的农妇

动物也有自己的语言,会说不会写而已,即使猪也不例外。一位农妇肯定地告诉我:猪会说话!喂猪时,农妇问:好吃不?猪说:哼哼。意思是还好。猪说:哼哼哼。意思是凑合着吃吧。猪要是说:哼!意思再明显不过了,类似于骂脏话,要求添加饲料。猪在表达对饭菜的不满时,总是连拱带挑,两条前腿左移右动,而尾巴则硬硬的,没兴趣摇摆了。

山里人家居住分散,平日各忙各的生计,见面少说话也少,所以常跟家畜说话。农妇喂猪时总是对猪嘟囔不休:

"你嘴巴还这么挑剔!给你加了两捧麦麸你还嫌少!你都三个月了还不吃草!你又不是吃商品粮的!看你,说着说着又乱拱!你这个月吃了三升苞谷,才长了七斤！你知道一升苞谷多少钱？一升苞谷四块钱呀！光吃不长肉，你真会吃昧心食！你这该狼咬的、豹子拖的……"

别看农妇语言歹毒，其实特别心疼猪，猪是她的劳动果实，更是她勤俭持家的明证。猪大了肥了，卖了钱，可给一家老小扯衣服；自家杀了，丈夫孩子好吃肉。所以，她像养孩子一样养猪。卖猪的那天，她要送猪上路，送到看不见的地方为止，回来闷闷不乐的，几天吃饭都没味儿。要是自家杀猪，杀猪的这天，她必定要躲得远远的，手捂耳朵，但捂得再严，猪的惨叫声还是从指缝钻进耳朵，她的眼泪就出来了。而且，新鲜肉她是一口也吃不下去的，甚至气味都不敢闻。

我问一位养猪的农妇：猪死时的那种吼叫是不是说"救命哪、救命哪"？

"不！它是说——我才不告诉你呢，我一说，你要说我骂乡长哩。"

为美人效劳

这幢教学楼面南,在无风的冬天,被太阳温暖地照耀着。我搬了两块砖头,坐上去,靠着楼根基的墙壁,半睁半闭了眼睛,舒舒服服地晒起了太阳。不,应该说是太阳晒着我。这是一种闲适,一种并不常有的闲适。老实讲,人生的幸福其实是很容易获得的,譬如晒太阳。如果再能从衣缝里捉出几只虱的话,那么这个晒太阳就完美无缺了。可惜现代人丢弃了玩虱赋诗的古风。

正在我为文明给人类带来的缺憾而难过时,我的眼前出现了一只麻雀。麻雀晃来晃去,却并不飞走。我不免奇怪,就定睛细瞧。哦,原来不是麻雀——阳光摇花了眼——而是一个毛线疙瘩!毛线缠着一张钞票,十元的面额,还有一张字条。我仰头一望,毛线疙瘩是从四楼的窗口垂下来的。我知道,那里面的教室正在静静地举行招干考试——银行招干。

我伸手抓住毛线疙瘩,先取下那张字条,见上面写着:"先生,请您帮我回答三道题,十元钱是我一点儿心意,您买盒烟抽吧!"三道题是这样的:一、长篇小说《子夜》的作者是谁?二、什么是股票指数?三、什么是合同?

我笑了,如此简单的问题怎能难倒我这个拥有副高级职称的人呢!谁不知道《子夜》是茅盾先生写的?至于股票指数嘛、合同嘛,实在是天底下最简单不过的问题了,这居然成了考试题,显见得出题官脑子简单。

于是我抽出字条,以花体字龙飞凤舞地答了三道题。然后抽出十元钱,问心无愧地装进兜里。但是,刚要把字条缠进毛线疙瘩时,我忽然想了:三道题就只值十元?知识也太廉价了吧。这么一想,我重新展开字条,答案只保留一道,另外两道涂去。这不能怪我小气,因为我们生活在有偿服务年代。

银灰色的毛线疙瘩缓缓升了上去。当它消失进四楼的窗口时,我追悔莫及,因为这个考生,这个怀着银行家梦想的人,大概,也许,肯定是位女士!不瞒诸位,我唯一的乐趣就是为女性效劳,说不定这个求我答题的正是个大美人儿呢,而且离了婚……所以我仰着头,鼓着眼睛眨也不眨地瞅着方才毛线消失的窗口。果然不出我之所料,一只藕色玉手娇羞地探出窗口,指头一展,一个麻雀般的灰疙瘩降落下来,差点击中我的鼻子。

还是那张字条，又追加了两张钞票。很显然，"银行家"明白了我的意思：答一道题付款十元。我非常惭愧，因为我太铜臭气了。我要挽回损失、补救人格。我认真恢复两道题答案后，接着掏出十元，连同现在的二十元，一并牢牢地绑进毛线疙瘩。

当毛线缩上去进了窗口时，为防"银行家"过意不去再次放下钱来，我急忙站起来，哼着流行小曲儿"谢谢你给我的爱"，走了。我真高兴，毫无私心地为别人做件好事，心里那个成就感呀，只觉得阳光真明媚，冬天也和煦。

当天晚上，一位朋友提了瓶西凤酒来感谢我。我问为何谢我？他说："多亏你今天帮我妻子答题，否则我们就分不上套房了。"我越发蹊跷，朋友的妻子工作多年了，为何又招干考试呢？"代人考试呗！"朋友神秘地说，"我妻子代她局长的女儿考试，就给我妻子——也就算是给我、给我们家——分套房，因为和妻子分房分数相当的有三个，谁都可能住上，谁都可能住不上，最后还不是局长一句话！"

"等分了房，咱哥儿几个搓他个三天三夜的麻将吧！"

一个月后，朋友吊丧着脸，跑来说：

"球了，没考上，房子泡汤了。"

"没考上？笑话，怎能没考上！"

"你那两道题怎么答的，我的副教授！"

"股票指数么，"我边回忆边说，"就是炒股票炒到一定程度，股票成倍翻上去，翻到数不清了，只好把股票贴到墙上，拿指头指着股票数来数去,只有如此才能数清。"言犹未尽,继续道:"数股票是很舒服的事,一如冬天晒太阳。"

"关于合同,你又是怎么答的?"

"很简单,合同就是指两个人或两家单位要协办某件事而签订的一张契约,合则同,不合则分,诸如结婚证、营业执照、汇款单、财务报表,等等等等,都算是合同。"

"你答得很全面很正确呀!可为什么没考上呢?不行,我马上去查卷子,现在的风气太不成样子了!"

"猪狗不如"是句骂人话,但我从不把这句话送给我讨厌的人——我才不想抬举他呢。

——《猪狗》

花儿为什么还在红

歌舞剧院这几个字,听上去青枝绿叶,给人以蝴蝶翩跹、彩云追月的美好联想。可事实并非如此。尤其近年来,歌舞剧院的光景有点凄惶。歌舞剧院由三类人组成:漂亮的台柱子、不上不下的配角、"群众若干人等"。第一类白天睡觉搓麻,夜里穿梭于各种宴席或者宾馆里唱堂会;"若干人"自谋生路;中间的配角们,改唱下里巴人,经常到乡村去表演地方戏混口饭吃。

但逢演员们下乡,最受伤害的是郑老的"养目"事业。

郑老八十有二了,每天准时提一个小马扎,到门房"上班"。其实就是坐到门房的窗洞下,看人,看出出进进的人。说白了,就是看出出进进的女人。他的目光迎着一个进来的或者出去的女人,直到她的背影从他的视线里消失掉。至于男人,他的眼皮连抬也不抬,好像是该死的男人们使了什么魔法,给他的眼皮里灌了铅似的。

郑老虽老,但是眼睛很好,因为出出进进的女人们每天滋养着他的眼睛。郑老确实资历极老。据说红军长征经过他家门口时,他就跟上走了的。他是个牧童,给地主家放养牲畜,会模仿各种动物叫唤。由于年龄小,首长们不忍心让他"冒着敌人的炮火",就让他跟了宣传队,也就是后来的文工团。反正他会学动物叫唤,演戏是用得上的。

然而他究竟演过什么角色,是否有过什么出色的表现,以及制造过什么绯闻,那是谁也说不上来的。据说他最风光的一次,是给美国飞行员表演了一回拿大顶。总之,人们能够了解的是,这是一个一生都很庸常的人,就像流过平原的一条小河,流量小也就罢了,关键是那平坦的河床,也从不给他掀个小浪花的机会。至于个人生活,也没啥戏,直到六十岁时,才娶了一个年轻他许多的女人。那女人是锅炉工的妻子,锅炉工因锅炉爆炸而死了。郑老娶了女人,也同时接收了锅炉工的遗腹子。

但是郑老的命也确实不好:孩子还没满周岁,孩子妈又病死了。屈指一算,在郑老长达八十二年的生命史上,真正与女人同床共枕的时光,也就一年多一点儿。

郑老与自己唯一的亲人——那个不是他的儿子又是他亲手养大的儿子之间,关系也不怎么融洽。儿子在剧院门对面卖烤肉,白天睡觉,晚上出门;老子则晚上睡觉,白天"养目"。总之,父子俩一月说不上三句话。

而最近几天,郑老的精神日见其差,因为女演员们又下乡演出去了,时间长得仿佛没有了尽头。其实也就一个来星期。郑老的"上班"时间,一天比一天推迟,"下班"的时间也相应地提前了不少。

郑老的"养目"功课,不知发端于何时,反正包括门房在内,谁也说不出准确时间,因为门房换了几多茬。每一次换茬时,老门房总是要给新门房交代一句经典性的嘱咐:

"你们别欺负郑老,不容易啊。"

是的,人生确实不容易,尤其活到八十二岁的郑老,更不容易。而这几天呢,已经到了不容易的边缘。他提着小马扎走路相当吃力,小马扎仿佛有千钧之沉,拽得他那老河虾似的身体越发佝偻。好容易移到门口,就咕咚一声蹲到小马扎上,仿佛再也不会站起来了。自然,眼皮也不往上抬了,因为没有女人啊。

于是,从门房流传出一个信息:郑老恐怕不久于人世了。如果某一天到了中午十二点,郑老还没来"上班",那肯定是呜呼啦。

就在郑老"上班"的时间越来越迟、不再抬眼皮、不再对这个世界产生丝毫兴趣的时候,出现了一个小小的奇迹:突然来了一个女人!那女人究竟何等模样,没有谁能看清,因为她的脑袋上始终包着一条方格头巾,只露出一双乌黑的眼睛。那女人显得神秘而古典,每天上午和下午,分别两次出入一回歌舞剧院的大门。她走得很慢,就像朗诵演员出场时,踱着步子酝酿着情绪一样。

她是到我们院里上厕所吗？门房的心里嘀咕着。门房很想上去扯开那女人的头巾看个究竟，但是门房没有这么做，因为随着这个女人每天的两次出入，郑老那对嵌在皱纹深处的眼珠，仿佛雨中的两粒干葡萄，渐渐活泛发光了！

那女人为何要包一个方格头巾呢？方格头巾又是从哪来的呢？这种头巾只能在表现往日岁月的老电影里看到……莫非是女特务？假如真是女特务，出了事门房就失职了。可是歌舞剧院里有什么宝贝能吸引女特务呢？实在没有这个可能。

这都在其次，重要的是郑老的精神状态日见好起来，眼看着从垂死的边缘返回了人间，简直像从棺材里蹦出来一样令人惊叹。又过了半个月，演员们从乡下返回了，郑老的"养目"事业也自然恢复了正常。只是，那个包头巾的女人再也没出现过。

很久以后人们才知道，那包头巾的女人是郑老的儿子化装的。那头巾，则是他母亲、郑老妻子仅有的遗物。

马先生的爱情

三十四岁的马先生还没有结婚。他的家人亲友十分忧虑,但他总是说:"不急,不急么,男人四十一朵花,我尚未进入花季,何愁没有好女人!"马先生不急,自有他不急的理由,因为他是个老板,有钱,有高级小轿车,能随时过性生活。但是这类人也有自己的烦恼:很难碰到真正的爱情,很难判断环绕自身的花蝶是冲着他这个人呢,还是暗恋他的钱袋。而人,不论穷富,都是渴望爱情的,爱情又并不一定总是偏爱富人的。

"没有爱情,我宁愿当一辈子和尚!"

发了誓言,一年后,马先生终于有爱情了,也终于想结婚了。他经过几个月的筛选淘汰,最后确定了三个候选人。但是比来比去,依然不知道跟三个女人中的哪一个结婚最合适。

他打来电话,约我吃早茶,当然是请我替他参谋参谋。但我这人命贱,不习惯高档酒店里的什么狗屁早茶,始终贪个油条豆腐脑什么的。

在约定的小摊上,我先到一步,刚坐下,马先生就到了。他掏出卫生纸,将凳子擦了三遍,这才轻落尊臀。一个肩扛"封阳台"木牌的小伙子,抹着油嘴,正和摊主分辩。摊主说他吃了五根油条,他坚持说只吃了四根。摊主见我俩坐着,就冲"封阳台"一挥手,"你赶紧走人,那根油条算我扶贫了!""封阳台"呸了一口:"差了你先人!你要能扶贫,你就不在这儿卖油条了!"拧身就跑。

"唉,好多年没吃过小摊子了,"马先生很是感慨,"老百姓的生活还是这么个样子啊。"

在吃早点的同时,马先生又掏出一张带花纹的粉红色餐巾纸,铺垫在小几上,接着摸出三张照片,展览其上。我眼睛一亮:多漂亮的姑娘啊!电视女主持似的。疑团也随之解开——我原来很爱看漂亮的姑娘,我经常叼支烟坐在街边的护栏上,欣赏春色流动、美腿游目。每过十来分钟,就会出现一个你立马想与其白头偕老的姑娘。后来变成二十分钟、三十分钟才出现一个。再后来一整天都不出现了……

我正浮想联翩,"你说说看,我应该跟哪个结婚?"马先生努嘴点头,要我帮他仔细鉴定。我能说什么呢?爱情与婚姻是很复杂的,仅凭一张基本不说明任何问题的照片吗?幼稚,可笑。再说了,像马先生这种人,究竟怎样一个"婚姻爱情观"?真是鬼才晓得。

"我实在给你参不了谋。"话出口我又后悔了。男人有时也很虚荣,我可不想暴露我在鉴赏女人方面的智障。"请你举出一些例子来,与她们各自交往的某些细节吧。"

"什么细节?搜集小说材料啊!"

刚说完,传来一个响亮的喷嚏,一片儿油条打飞过来,溅落美女照上,湿了一个美人的嘴角。马先生偏头一看,喷嚏来自一个大胖子的口腔,面目粗俗地与马先生对视着。马先生有点愤怒,继之又无奈了。他猛地朝起一站,说:"走,离开这里!"听得"刺啦"一声,马先生的屁股扯了,板凳上的那颗凸起的小钉子,撕破了他的裤子——巴掌大一块耷拉下来——显出腊牛肉色的内裤。

马先生甩给摊主二十块钱,也不等找零,就手捂屁股,和我一块儿走向街口,那儿停着他的高级小轿车。

在车里,他将三张照片依次排开在挡风玻璃下,开着车,胡转悠。我来了灵感,建议马先生将他的"屁股遇难"通报给他的三位候选人,看她们如何反应。"这个主意不错。"马先生笑了。他一手驾车,一手打手机,依次和三个女人通了话。三个女人的回答分别如下:

"无聊,又瞎编谎话逗我!"

"走不成路了?你坐着别动,我拿针线来给你缝。"

"去买条新裤子不就得了,你没钱啊怎么的!"

我拿起三张照片,问这些话分别是谁说的。马先生指头点着一一说了。他的指头上戴着一枚大钻戒。那个要来给马先生补裤子的女人，在三张照片里忽然最好起来，她的脸不圆不方，眼睛黑而大，一池柔波，无限温情。

"你就娶这个女人好啦！情人、妻子、母亲，这些角色她都能胜任。"

"这张照片，揣在我身上已经五年了！"

"呵呵，没看出你也痴情哩。"

"第一次见到她，她正在举行婚礼。我那时很穷，心里发誓，等我发达了，一定想办法把她夺过来！"

"五年啦，经常跟她约会吧？"

"住嘴！我跟她连手都没拉过……"

汽车闯了红灯，警察一脸严肃地走过来。

云 品

晚春初夏时节,南国的朋友与读者依次快递来各类名茶。美物当与良友分享才好,却因眼花腿软无力奔来跑去送上门。来访朋友不空手时,走时正好送点茶,也让人家离去时手不空,所谓礼仪之邦,就是这种调调吧。

那天下楼取快递,照例是茶。签字时电话响了,一接听便是哈哈哈。这是胖人的特色,不论通报何事,开篇总是一盆笑声兜进你耳孔,仿佛自冲其肉连带涮肥。其实毫无效果,什么时候见了他依然是盛唐气象。正事完毕我顺嘴说了句,你想喝好茶了来拿。那你放在收发室里吧,胖子哈哈道,说他天天下班路过我单位门口,停车一取方便得很。

走进收发室,跟收发员打招呼的同时拆开包

裹——四盒茶。与胖子均分好了。全部送他没道理，一因我的境界不到，二也拂了赠茶者美意。取出两盒，剩余两盒继续一包一裹，写上胖子名字。收发员说好啦，让你朋友下班前来拿便是。手机拍个照，发给胖子看。

三天后路过收发室，进去一看包裹依然躺在原位置。收发员说没人来拿啊，边说边推鼻梁上的眼镜。我咕哝着走出门来，随手发信问胖子，回答说近来特别忙，忙忘了，哈哈。我心想你胖子当然是不缺茶的，只是这么好的新茶你未必有。但是关键不在这里，关键在于你既然答应了接受茶，就应当以迅雷不及掩耳之势拿走。这不仅是个态度问题，尊重别人的问题，更重要的是你正好借此证明你自己言而有信吐口唾沫砸个钉，无愧一匹耸立天地间的男子汉大丈夫！

又一想，洒家也未免过于小题大做了，不就两盒茶叶嘛，至于让人家狠抓落实不过夜吗！若是两块金砖，你瞧吧，胖子定如激流里的水雷，早就汹涌滚来抱走喽。

紧接着端午节三天假，胖子是否将茶取走不知道。自己也随即忘了，毕竟芝麻粒个事。上班第三天出门取快递，恰好碰见收发员，告诉我说茶叶仍在呢，很可能是胖子来拿时他刚好下班了。这回真是不爽了，却克制着以无所谓的口吻说人家看不上也罢，我拿回去自家喝呀。收发员抬起手掌托摸着双下巴，再竖起食指上推眼镜说送出去的东西再收回来是不妥的。又说你是忙人事多，把你朋友电话留下，我逮个空子送去吧，也就两站路么。这让我惊讶之余很是感动，顿觉回到雷锋年代。

　　将胖子电话写到包裹上，出来碰见正门口的两名保安。两厢一对比，觉得收发员实属斯文人也，轻言细语不温不火，天天收发报纸杂志，空闲了就阅读，时间一长便浸染了几分书卷气。而眼前的门卫呢，保安服宽腰带，开门关门登记盘查的，眼神始终质疑着"这家伙是否犯罪嫌疑人"啊？

　　第二天一早胖子发来短信说，茶叶收到了。收到而非拿到，说明是收发员送去的，当即感动起来。彼时刚铺开宣纸，正在琢磨给一家杂志刊庆该题写什么内容，思维立马跳到收发员身上。得送人家个字吧——笔一挥，四尺横批四个字：云品自高。晾干后装进字袋。

　　书房距离单位十八站路。中途绕过大雁塔，下车步行一站路。步行了百十来米，迎面骑来了收发员。老远就招呼，谢谢他替我送茶叶。他没有反应，近视嘛。到了跟前见是我这才停车，再次谢谢他。他说没事，手推眼镜这才想起有那么个事，于是再说两遍没事没事。我说实在不好意思，我生性不爱交往也不爱胡乱打听，你贵姓啊？他说姓童。我说童师，我清早给你写了幅字，随手将字袋插进他车前的网兜里——里面装着邮件与包裹。他一愣不知所措地张着嘴巴，说都知道你字挺值钱的我可不能白要。你说哪里话呀，我赶紧低调，这好比我自家地里的西瓜随手摘一个送你降个温么。

　　听我这么一说，他又一次顶推眼镜，似觉我说得在理，才勉强接受。可是分手十几秒钟后，他忽然倒骑回来，超我前面几步再掉回头，将字袋抽出递还我说，我想了想还是不能要你字。呀嘿我今天这是怎么啦，送茶人不取，送字人不受，做人也未免太失败了！

说个实话你别见外啊，收发员说，我晓得你的字大家都求之不得的，可是我这人无聊得很，从来没喜欢过书法。童师啊，我说，那你喜欢什么呢？他推顶着眼镜，竭力回想着自己究竟喜欢什么。我没啥爱好，他说，除了吃饭睡觉加上班，还真是没啥爱好。这是绝对不可能的，我说，人怎能没个爱好呢，就是和尚也爱上个电视与主持人谈茶论道么。

他取下眼镜哈一口气，掏出卫生纸认真地擦着，脸上写满了尴尬。眼镜擦好了，戴上了，笑了，说我就爱好个跑来跑去给人送东西……不耽误时间了，退休人员等着邮件和包裹呢。望着他舒缓踏车的背影，我这里就相当尴尬了。

喷　嚏

关上电梯门,刚下了一层,就停住,进来一家三口。小女孩大约四岁,静静地仰着脸,看着电梯顶灯。同时鼻翼皱动着,神态可爱,仿佛天使。她的父母貌相出众,衣着体面,估摸白领人士。只是相互不看对方,似乎刚刚拌过嘴。

小女孩鼻翼继续皱动。皱着皱着,"阿、阿——嚏——呔!"一个喷嚏打将出来,飞点细雨溅我一手背。

"谁想念你啦!"妈妈说。

"姥爷姥姥,想念我呗。"

"还有人吧!"爸爸说。

"爷爷奶奶,也想念我嘛。"

电梯下到十五层,居然没有停。

"还有谁想你呢?"妈妈又问。

"还有嘛,"小女孩想着,"姨妈想我啦。"

"还有谁想念你?"爸爸问。

"大伯想念我嘛。"

电梯下到十层,仍未停。今天不错,不耽误时间。

"你再想想,还有谁想念你?"妈妈启发道。

"不用想,是姨夫想念我!"小女孩有点不耐烦了。

电梯下到五层,依然未停。哦,现在是午休时间。

"我猜想还有人想你!"爸爸说。

"是吗?"小女孩惊讶了,"该大妈想我啦。"

电梯一降到底。门开时,依次走出。妈妈问道:

"你仔细想想,应该还有人想你!"

"啊呀!"小女孩的脸吃惊得有点变形,"真啰唆!我一个喷嚏,把大家都想啦!"

根据民间传说,打喷嚏本是因为别人想念自己而引起,但是小女孩一下子倒了过来——"把大家都想啦!",认为是打喷嚏者想念别人、打喷嚏者给别人发福利。走在后面的我,不由得乐了。可是走在前面的爸爸妈妈呢,没有乐。我虽然不能看见他们的脸,但是他们的间距,以及爸爸那别在身后的拳头一开一合、准备打人的样子,说明他们真的没乐。

院子里,小女孩一阵子拧过去拉住爸爸的手,一阵子拧过来抱住妈妈的胳膊。但是爸爸妈妈,依然没有相互搭话的意思。

"这样好不好?"小女孩说,"我再给你们打几个喷嚏,你们两家分,好吗?"

我恍然大悟。原来方才,凡是妈妈问"谁想",孩子回答皆是"母族一方";凡是爸爸问"谁想",回答一概"父族阵营"。孩子多聪明啊,长大定能当外交部部长、斡旋特使什么的。

可是,无论小女孩怎样地皱鼻子、揉鼻子、挤鼻子,仰着小脸看太阳希望借助太阳之刺激,也终究未能打出一个喷嚏来。

"做人咋这么难啊!"小女孩嘟囔道。

岳父哥

去年的夏天与往年相比并不太热,但是异性相吸的热烈并不取决于气温的高低。这不,丧偶三冬、退休两年的王教授正是在去年夏天举行婚礼的。仪式很简单,没有车队,没有婚纱合影,只是订了一桌酒饭,请来双方最密切的几个朋友,吃一顿完事。新娘是教授带出来的研究生。教授在给女弟子传授学问的时候,可能搭配了某种小动作,小动作逗开了一个老姑娘的芳心,爱情就产生了。教授比他的新娘大二十二岁。

晚宴在一家南国风味的酒店包间里举行。酒过三巡,照例,大家都要追问恋爱经过。教授笑着说:"有啥子可讲的!老夫妻上床——说一说算啦。"一个胖乎乎的画家脱口说道:"呀,你俩早就过性生活了!"新娘的脸上露出刻意的嗔怒和羞涩,大家也就不吱声了。另一个也是什么专家的瘦子说:"孙中山比宋庆龄大二十七岁,可见你俩的婚姻也很伟大。"听了这话,新娘就伸出筷子,夹了一只个儿大的螃蟹。但是教授却说:"幸亏她父亲去世了,不然我见了他老人家不知该如何说话呢。""那有啥难的!可以谈谈天气,谈谈国际局势嘛。"新娘的脸再次变成一本线装书。

包间里很热很闷,抬头一看,空调不吹了,没凉气了。大喊服务生,却进来个女领班,所有人的眼睛都贼亮起来,因为这女子太漂亮了。只见她微笑着拿了遥控器指着墙上的空调,放风筝似的遥了半天却无控可言。只好踮脚探手去修理,但是够不着。胖画家借着酒劲,说:"我来帮忙!"弯腰搂住女领班,一下子举到半空。奇怪的是,那女子并没发恼,好像这一切都是顺理成章的。她只是轻轻地拍了一下空调外壳,空调就好了,就吐出淡白的凉气了。

就这么简单,胖画家就这么一搂、一举,就搂举来一个好媳妇。当然其间还有一些过程,也挺有意思。搂举了那个女领班的当晚,画家失眠了,起来走进画室,画了那女领班的裸体像。天亮后,带着画飞车来到女领班的卧室。女领班刚刚起床,凌乱着一头迷人的青丝,揉了揉眼睛,看画,惊叹道:"你偷看过我洗澡?你怎么知道我胸前有颗痣?"画家平静地说:"第一,我从未见过你;第二,在天才画家眼里,最美的女子穿得再多再厚也都是裸体。"

这女子是陕北米脂人,貂蝉的姐妹。她比画家小十七岁。春节时,画家陪送她回陕北,见了他那年轻而健壮的岳父,他紧紧握住对方的手,说:"好老哥咧,我得把你叫爸!"

绝　望

甲：张三写了一部长篇小说。

乙：写了长篇小说又能怎样？写过长篇小说和能写长篇小说的人多了去了。

甲：张三的长篇小说出版了。

乙：出版了能咋？说不定是自费出版的呢。

甲：差矣！张三的长篇印了四万册，稿酬加版税赚了五万元。

乙：赚了五万元能咋？一本书赚了五十万元的作家我也见过，能咋？

甲：张三可是一炮走红，名利双收了——由一个下岗工人，径直调进作家协会，还当上了副主席。

乙：当了副主席能咋？

甲：据权威评论家预测，下届茅盾文学奖，张三是少不了的。

乙：获茅盾文学奖能咋？即使得了诺贝尔文学奖又能咋？

甲：确实不能咋。问题是一个作家，活着的意义，就是要不断地写作呀！

乙：不断地写作又能咋？

甲：不能咋。但至少证明这个作家还活着吧！

乙：活着能咋？

甲：你的意思是，人活着不能咋，只有死了才好？

乙：死了又能咋？

甲：你这个狗杂种！无论他人干什么，你都要问一个"能咋"，请问你这么做，又能咋？

乙：……

甲：不能这样嘛，这样就陷入悲观主义、虚无主义了嘛。

乙：你今天把我问得无话可说了，能咋？

……

公交车上

那天小雨，在下午上班的公交车上，一个中年妇女，临窗而坐。她双腿夹了两个大包，不时地看我。她看我的那种眼神，是讨好的、试探的、哀怨的，甚至含着几分巴结、谄媚。这让我蹊跷，也有点不自在，因为她够不上那类漂亮的女人。如果她漂亮，她爱把我怎么着，就任她怎么着吧，没准儿我还积极配合她呢。但是一个貌相路人的女士，我就没兴致了。我承认我好色，但我的审美标准比我的道德修养高出许多倍。

所以我抓住吊环，始终看着窗外的雨景，并且尽量稳住身子，以免磕撞了周围的毛头小伙子。小伙子们荷尔蒙过剩，巴不得闹事呢。我在想，方才那女士看我的眼神，何以那么特别，莫非是我往日的一个熟人？这是很有可能的。光阴流逝了多少年，我不认识她了？

人一阔脸就变?尽管我压根儿不曾阔过,阔了还用乘公交车么!或许在遥远的过去,她曾帮过我什么忙?譬如经过她门口,讨过她家的水喝,甚或骗过她一顿晚餐?这是可能的。逝去的岁月里,什么事不会发生呀。

于是我一摆脑袋,目光正好遭遇坐在我侧前的那个妇人。她一如方才盯着我,双手还捧出个小本子。我正要移走目光,就听那妇人说:"先生,能用您的手机替我打个电话吗?"我从来没遇过陌生人借用手机的事,所以未能马上反应什么。"我的手机没电了,"妇人焦虑地说,"我忘了带火车票!"哦,我说没问题。她显然将满车的脸,一张一张地反复考察过,最后才选择向我借用手机。在她的观察判断里,我这张脸,是满车厢里最具善心的脸,最可能不拒绝她的脸。我感到高兴,仿佛我被组织部看上了,随之面临提拔重用呢。

想她放下尊严,冒着承受尴尬的羞惭,我立即掏出手机朝她递去。她没有接,而是起身前趋,双手呈上那个黄色的小本本:"就请您,给这个号码,打个电话。"我接过本子,照着上面的号码,边摁边问她:"这是你什么人?要他干什么?"她说那是她女婿,要她女婿将火车票送到车站。电话接通后,我说:"我是30路公交车上的一个乘客,受你岳母请求给你打电话。她忘了带火车票,请你立即打出租,将票送去。你岳母将在30路终点站站牌下等你。"对方说,好,谢谢。

车上的妇人道了好几声谢,同时从包里掏出两张票子,一张五毛,一张一块,急速地掂量了一下,将五毛举给我:"先生,请您收下电话费。"我当然不会要的。我一向慷慨大方,五元以上才会拼命争取。妇人又唠叨了一阵谢谢,让人感觉太啰唆。几分钟后,手机响了,一接,竟是她女婿:"先生,能否请您让我岳母接个电话?"好事做到底,就将手机递给他岳母。这岳母说电话时,只重复一个"好"字,其余全是暴绽的笑容,如拳头轮番冲击过的面团。岳母与女婿的亲和,在某些方面,大致与情人关系不差上下,如美国跟英国似的。婆婆跟儿媳之间,则如以色列与巴勒斯坦啦。

  我沉浸在这个不足挂齿的助人为乐中。可那岳母,竟又掏出那两张小票子,再次急速地掂量比较,才将那一元的,当作话费,硬要付我。我断然拒绝,满心的扫兴。我不再理她,继续观赏窗外的雨景。可是,肩膀却被谁个轻拍了几下。我转过头,发现那岳母,居然一个展翅欲飞的老天鹅造型——一只脚搭(占)在座椅上,一只手紧捏靠背,整个上身朝我倾来:"女婿要我在小寨下车,陪我同去火车站,您来坐我的位子吧!"她如此认真地要我坐她的位子,显然是要回报我方才救了她急。这未免庸俗,我才懒得去坐。但她坚持要我坐。我坐下后,她又重复道谢,拎起俩包,下车去了。

青藏高原小品

一辆中巴奔驰在深秋季节的青藏公路上。车里乘客十来个,分别是记者、作家、摄影家等,一个什么采风团吧。其中有个美女,非常美的美女。也许车里就她一个女性,所以她才显得特别地美。物以稀为美嘛。

高原缺氧,汽油无法尽情燃烧,所以反光镜里的汽车尾气,始终一股青烟。有人说头疼,有人感觉胸闷。于是那个美女,拉开她的包,从里面捧出小零食来,一一散发给大家。男人不大吃零食,可是美女让大家吃,大家便把这看成一个待遇了。"书上说,在青藏高原行走,"美女说,"要多吃零食,多呼吸,多活动消化系统,就不会胸闷头疼。"这话似乎是一个杜撰,但它出自美人之口,大家也就相信了。后来,为了逗美女高兴,大家索性哄抢她的食品,"争风吃醋",不亦乐乎。

美女是个记者,三十左右吧,孩子上幼儿园了。我过去对女记者印象欠佳,总感觉她们有点雄性化,还有某种职业上的自负。可是这一个美人却是相当地女性,隔那么一小时半小时,就要给大家发口香糖、分巧克力、牛肉干什么的,好像车上的人全是她儿子。司机想吃个苹果,她立即取出来。苹果是未清洗的,她削苹果的时候,车子颠簸,刀子差点伤了她的手。司机深受感动,大声警告自己:"万万不能犯困!"目视前方,不再参与大家的闲聊,把车开得又快又平稳。

外出旅行有个美女,感觉上比领导表扬了还舒服,沿途的风景等级,也似乎因此而增加了一个A。中巴朝着雪山前进,窗外滑过金色的牧场。牧场如巨大的传送带,滑过羊群,滑过牛群,滑过藏羚羊群。但是很少看见人,更不要说集镇了。外面风大,冷。不过车里,却被阳光照得温暖极了,慵懒极了。到了一个小镇上,停车。车加油,人放水。

我和美女没有下车,因为我并不内急,我还要节约体能。而美女呢,由于一路照顾大家,又被穿过车玻璃的阳光晒乏了,就酣然睡去。我将军大衣轻轻地替她盖好,心里怦动着一个小小的喜悦。这一个小动作,说老实话,我还担心被她发现了呢。瞧瞧,美女就是如此这般润物细无声,让人高尚起来的。

可是当大家回到车里,引擎一发动,美女却醒了。"不好意思,"她掀开大衣,对司机说,"我也得下去一下。"大家明白了,她也要去方便。那一瞬间我深感遗憾——这么漂亮的女人,怎么也有那么不体面的习惯呢。不过我心里又笑了，笑我自己的遗憾是毫无道理的。

大家看着美女下车，朝不远的厕所走去。高原上的厕所，是没有水的，气味可想而知，真是委屈了美女。忽然，一条狗跟上了美女，美女小叫一声，同时踮起脚，一个跳芭蕾舞的造型。其实她那声小叫，不但没有吓退狗，反倒又引来四五条狗！狗们踮着小碎步，绕着她转圈子，伴舞的样子。我们几乎全部抬起屁股，要下去保卫美女。可就在这时，一个藏族大妈和一个汉族姑娘，不紧不慢地走向美女了。她们比画着手里的佛珠，冲美女说着什么。于是美女走向厕所，跟在她身后的狗们，尾巴愉快地摇晃着，看不出任何危险来。

那些狗个头不大，压根儿不能跟藏獒比。显然是内地带上去的，跟它们的主人一样，为了生活四处奔波。美女就是美女，魅力波及动物界了。看来成语的记载有道理啊：鱼被浣纱的西施之美惊得不会游泳了，沉入水底了；大雁被出嫁塞外的王嫱之美震得不能飞了，栽下来了！过去我觉得这纯粹是扯淡，因为再好色的家伙，也只能在同类间发生"惊艳"。母天鹅再美，雄蛤蟆是不可能爱它的；雄蛤蟆要追求的，应当是另一只漂亮的母蛤蟆。可是眼前的事实教育了我——厕所墙外的狗们，摇头摆尾地，心情激动地，为美女站岗呀。

忽然"嘭咚！"一声，我们的目光被吸引到车的另一侧。原来，是两辆摩托相撞了，两个藏族小伙子相互飞过对方的头顶。万幸的是，两人竟然毫发无损地站起来，相向走去，相互拍拍肩膀，一个掏烟，一个点火。我们在庆幸的同时，也难免有一丝失望——你俩为何不撕不打、不踢不咬呢？人的幸灾乐祸的本性，难以根除呐。

车上路了。跑了十来分钟，忽然想起方才美女如厕的事。于是我不无卖弄地，由质疑"沉鱼落雁"说到如今对其确信无疑。我的话博得满车喝彩，一个画家甚至建议我上电视，就此话题开个讲座。总之，我在美女面前大大地满足了一回虚荣心。只是那美女，一直看着窗外，脸微微地红着，嘴角挂着一丝不易觉察的嘲讽。

第三天到拉萨，参观罗布林卡（达赖夏宫）时，我又兴奋地谈起这个话题。不过，口若悬河后，我顿时觉得自己太乏味。美女微笑着，晃着手机冲我说："给你发了个短信。"我掏出手机，手机丁零一响。翻盖一揭，但见信息：

"狗们，讨饭呢！"

核桃车

　　核桃与柿饼一样，虽然都是树上结的，却不算水果。水果入口不久，便尿了，没感觉了；而核桃柿饼吃下去，能充饥。所以我称这两样东西为"树上的粮食"。核桃又称胡桃，应是从陆路传入中华的。

　　冠以"胡"字的，大抵是西北之外来的，如胡椒、胡琴、胡萝卜，等等。从海洋上来的，标识个"洋"字，洋火、洋钉、洋枪等，统称为"洋货"。

　　一个外国女子骑着马，背衬着落霞，想象着大明宫，由西北方嘚儿嘚儿地来到长安城，人们叫她"胡姬"。若是从南海乘船来，历经了凶风险浪的，就叫她"洋妞"了。汉人很是好奇，人人围观而宝爱之。若缘分奇妙了娶个洋妞老婆，必定羡慕得众人大骂一句：狗日的开了洋荤喽！

洋妞经了漫长的舟车劳顿，北上到长安城，也就统归"胡姬一族"了。胡姬们或当家教，或做导游，或开旅店，或办饭馆。怀艺有色者自然做了"艺术家"，可谓碧眼盈波劝君酒，长腿歌舞送胯来。宫里的便衣经常巡查而拔尖，只需三两句思想工作，就送上了皇帝龙床。皇帝昼夜殚精竭虑于子民福祉，调剂一下生活无伤大雅，我历来没意见，忽略不读。若拿这等鸡毛蒜皮评价皇帝，等于拿酒量大小来选拔狙击手，考量的尺子大错特错，实在看不出道理来。有些家伙单挑艳事来编派贬低皇帝，你以为他自己就高洁？屁！他是没条件，气不顺而已。

扯淡话远了，收回。随着日月相推光阴过，核桃早由洋货演变为土特产了。乡人进城公关，拎袋核桃见面礼，要托的人物嘴上打哈哈，心里嘀咕，啥年代了亏你想出拿来这个，我服了，什么玩意儿嘛！

还别说，核桃确实能做出好玩意儿来，那便是核桃车。我小时候就跟伙伴们玩过核桃车，制作过程颇具技术含量，不亚于刺绣鸳鸯戏水。挑一个鼓圆的大核桃，先将核桃尖儿磨平，在磨平处轻轻锥眼儿。动作要轻，要有耐心，不然使劲稍一大，核桃就给锥炸了。下来给核桃屁股锥眼儿，旋转，捻弄，锥尖儿同步缓缓地磨锉眼儿壁。接着给核桃两边各钻两眼儿，眼儿距很近，目的是隔断眼儿。现在，核桃有了六个眼儿，通过眼儿将核桃仁及夹隔戳成碎末，轻轻磕出来，磕干净，一个空壳核桃就成功了。

然后制作发动机。削出小拇指宽两截竹片儿，二寸半长，中部剔个低凹槽,两片相扣,咬合成十字架。在此十字架中间,钻透一个小眼儿,揳进一根细竹棍儿。下来找细线,需要四截线,纳鞋底的麻绳线就好,纺线绳也行。四截绳线将十字架腰绑紧,线头拿牙齿嘬细,唾沫抿尖,才能穿进眼儿里——依次由核桃头部眼儿探入,从边上的眼儿揪出线头来。四截绳头皆出了眼儿,分别打结成环。随之插入十字架,插出核桃屁眼三四寸,宣告竣工。

玩法很简单,先是手动旋转十字架,跟发动手扶拖拉机一样。待十字架旋转出了惯性,立马两手开扯,一拽一松便是。拽则十字架右转,松则十字架左转,十字架全然一个螺旋桨,其音嗡嗡锵锵,仿佛八千只苍蝇同唱"赞粪歌"。扯拽松放频繁时猛一丢手,核桃车就飞了。

有次课间休息,操场上比赛核桃车。一个同学的核桃车最是引人,因为谁都没见过那么大的核桃,连老师都夸简直是个"县长核桃"!螺旋桨更是长达六寸——只见那同学拽、拽、拽,猛一松手,核桃车就飞了,直飞进厕所——

厕所里恰好正蹲着语文老师,面对一个飞物直撞鼻子,吓得脑袋一偏、尻子一坐,糊脏了。外面同学当然没看清,就只见老师走出来黑着脸,扬手要打人的样子。但那只手,也就空气里狠抓一把,猛地撒掉完事。

老师不分青红皂白,将五个"核桃车"一并罚站。放学后又扣押不放,追罚,罚五个"核桃车"各抄十遍毛主席的一首语录:

"我们希望和平。但是如果帝国主义硬要打仗,我们也只好横下一条心，打了仗再建设。每天怕战争，战争来了你有什么办法呢？"

最后一句多数人不知道。我们因为受罚，老师嫌抄短了不解气，就让我们多抄了这句，所以记忆至今。

开 会

我生来不爱开会，却也开了数不清的会，这是不由人的。农家子弟好容易碰上恢复高考，这才上了大学、有了工作。而工作内容呢，开会占了相当一阕。换句话讲，不爱开会就等于不爱工作，不爱工作便有丢饭碗的危险。

为了节省时间，我总是掐住钟点提前三分钟到达会场，却发现后面位子坐满了，只剩前排空着，只好趋前就座。主席台鼻子底下，不能看闲书，无法交头接耳，唯有专注听会。还得不时与台上讲话者目光交汇、表情配合：听君这么一讲，胜读十二年书啊！虽然不至于就此被提拔，但是路上碰见领导，人家远远就赏一个微笑——谁不希望生活里经常遇见笑脸呢！

前排就座毕竟担子重，所以我后来就提前到会场占座后排。正点过去几分钟,领导们才鱼贯而入、次第登台。主持人目巡全场,喊道:后三排全体起立,跑步前排就座!你说说看,投机取巧最终却上当了不是!

吃个亏也没啥关系,但是长期吃亏就让人笑话了。以后提前十分钟到会场,毫不迟疑落座倒数第四排,果然稳坐至会议结束,太平无事。早到的十分钟也没浪费,可以随手带几篇作者投稿,借机通览后,或留用或退掉。那时,尚未流行电子投稿。

刚参加工作的某年植树节,阳光俏丽,杂花生树,芳气怡人,单位男女全体出动,脚蹬自行车,一路说笑直达山坡。挖坑培土加担水,汗臭味混合了胭脂味,绿化劳动直叫一个爽哦。忽然传来口令,要大家立即返回,大礼堂开紧急会!

去了一看,会场里全是那些年龄偏大未去植树的男女,我们后来者只好各自寻找空位儿填补,轮到我就见第一排空个位子别无选择。主席台中央一个桌子,罩了天鹅绒桌布,拐角摆放一张浅黄木桌和小椅——刘秘书做记录的位置。刘秘书走向台中主桌,弹弹麦克风要大家安静,鼓掌欢迎周专员给大家传达上级会议精神。掌声响起五秒钟,专员气宇轩昂走出侧幕——

听了三句便有了判断,这个会议精神固然重要,但也不至于重要到关乎江山社稷的程度。脑神经就分流了,调整一下回到植树现场——那个柳腰娘子给树浇水时抬眼瞄我三次,什么意思?虽然每次只瞄半秒不到,生活着实玄妙难以判断……左瞧瞧右看看,人家都在认真记录,而我两手空空不知干啥,本能地奔拉桌下,搓而铲之大腿上劳动过后的汗泥儿，搓一粒黑芝麻放桌面，接着再搓……

会议在掌声中结束。刘秘书快步走下来，与刚站起身的我对面打个正着，严肃批评我不专心听会。我说冤枉啊。他说，那你说说专员讲了几点？我斜了一眼桌面五粒黑芝麻，说讲了五点。刘秘书表情讶然——说明我蒙对了！他觉得面子上挂不住，警告道：以后开会一定要带上本子记录！

总算逃过一劫，自此吸取教训，开会必带小本本。笔与本是开会行头，如同唱老生的走哪儿都带着胡子套。人生大舞台，开会亦演戏。讲话者是主演，就得法相庄严认真演好，听会者是观众，也要像个观众的样子，尤其不能认为台上重要台下次要，因为缺了任何一方戏便没法演。

开会时人人记录一如受阅士兵整齐划一，万万不可产生出风头、成大名的庸俗念头——就你一人不记录，无异于受阅队伍里就你一个士兵忽然扮鬼脸吐舌头，镜是抢了，名是出了，事后呢？等着瞧吧你小子！所以作为人民群众之一分子，得当好这一分子，千万别忘了自我保护。

事实上许多会议传达先期已从报纸上、电视里看过，但听会时依然需要记录。若传达者的解读颇有新意，甚或冒出金句一二，不记录可惜了。若那传达者只是个照本宣科、击鼓传花，便觉得实在没必要记录，然而环顾左右皆在唰唰个不停。第二眼看去，噢哟原来——左边的在画漫画，右边的在练书法。我至今记得那位开会时练书法的瘦猴儿写的是硬笔颜楷，内容是"水顺形势走，云随意思游"。于是见贤思齐,以后开会时也这么操作。

我的字还说得过去吧?全是开会时练的。

后来我头上也被戴了两顶小官帽,一实帽,一虚帽,这才发觉开会是多么重要!从上面听来一个会,等于负驮一个包袱回来,重要的会议又恰似包袱里掖了一枚炸弹,不迅速传达下去岂不自爆了小命!所以立马通知属下全来开会。会议一经传达,等于将炸弹拆卸为若干零件分撒给同志们。不来开会的扣奖金,三次无故缺会者,别想年终评先进。屁股决定脑袋,确实真理。

偶尔就座大会主席台,感觉异样。第一次坐上去,不夸张地讲,就是那种光宗耀祖的小人得势感,巴不得媒体记者全来拍照报道。但是三次过后顿觉乏味。何况多数情景只是个陪坐衬托,并没有发言的福利。这就犹如土豆烧牛肉,讲话者是牛肉,俺只是土豆而已。即便高高在上,也还得不时记录,因为依旧不过是个侥幸台上坐的吃瓜群众罢了。那就间隔着,扫视台下,看看哪些人认识,丢一个眼神,浅笑过去,貌似亲民念旧。下来是看看有没有绝色女子。若有,目光便如追光灯,又像是孙悟空的金箍棒虚画个圈儿罩住伊人,恍惚而游离,亲近以速逃。但必须清楚与自我警报——绝色女子大家都在盯呢,她的四周春夏秋冬都布满了地雷啊!

随着马齿渐长,愈发不爱开会了,纵然联合国开会!可是人在江湖,难得制人,多被人制。就说日前吧,城门里的王三老弟通知开会,我说有事去不了。他问啥要紧事来不了?我答,这个、这个……一时编不出谎来。王三说那就必须到会,因为这个会议太重要了！重要？安排我讲话了，我不到场会议无法开了？王三说，老哥聪明！看来得去。但我也没问要我讲啥主题。不怕。即兴演讲抓住听众这点文化自信，咱还是有的。

　　大清早就去了，主席台边角就座。会场里百余人，看样子确是重要会议。主席台另一边角就座者主持会议，开场白欢迎某长来做关于某某动员报告。某长口才极佳，通晓国内外时局如同了解他自己的手掌纹路。尤其对于美国，说美国人了解中国不及中国人了解美国十分之一。我顾不上考察台下是否有美国人，因为得注意听讲，得同步腹稿待会儿的发言。发言或者说演讲不妨也循例三点：一是首长讲话全面深刻，极受启发；二是我们应如何贯彻落实；三是具体到我个人，应从哪两方面领悟、消化……

　　然而，首长一口气讲了两个半小时，主持人总结了五分钟，宣布会议结束。而且廉洁会风不管饭，压根儿没我戏！

　　走廊上拽住王三后襟质问：又不用我讲话何以非让我来？王三笑道，好老哥哩，你真是老瓜了没明白，主席台就座必须单数，今天台上摆了五个人的座，你若不来不就成了四个人双数，首长的中心位置咋显示、咋突出？够资格坐主席台陪庄的，好几个确实真有事来不了啊！

　　哎哟妈呀，开了几十年会居然不懂得这个核心技术，把人丢大发了。

子有先生逸事

戒色妙方

子有先生偶然结识了一个美妇,大有"风乍起,吹皱一池春水"之感,就天天害起相思来。一次筵聚,多喝了几杯,没留神就自曝了这事。众大笑。席间有一医生,曰:"可喜可贺啊老兄,这说明你很健康嘛!"

"可是,"子有先生说,"健康倒是健康,只是弄得我什么事也干不成了!你能否给个方子,救愚兄一把?"医生就给他耳语了一番。

听了医生的良方,子有先生将信将疑。次日早起,他取消了数十年未曾间断过的早点,到公园里推了几把太极。有点饿,忍着走过早点摊。想那美妇人的眼神,那眼神如"两颗插着翅膀的葡萄",在子有先生的脑袋周围绕来绕去。烦呐!

总算挨过了上午。子有先生是个热闹人，朋友们爱约他吃饭。但是今天他编造了很多借口，一一推掉饭局。当人们都在午餐时，他却独自躺在办公室的沙发上，想那个美妇。那美妇至少过了三十五岁，可为什么还有那样细柔婀娜的腰呢？

到了下午四点左右，子有先生一点儿也不想那美妇了，整个脑子里只有一个字——饿！

许多年不曾体验过饥饿了。人一饿，脑袋就变得异常活跃清晰，但所想的，却全是有关吃与饿的历史画面。饿，是一种苦难；而人为的饿，则是一种艺术。人在饿中，只想一个字：吃！饿，在真正贫困的年代里，是一种非常的难受；而在太平盛世里，却是一种稀罕的享受了。

子有先生决定延长这种享受，故一直拖到夜里十点过了，才让妻子炒了半碟米饭，又热了一碗残羹剩汤。吃得那个香呐！并且一觉睡到天大亮，连个梦也没做。

自此，子有先生但凡见了漂亮女人，激起他的胡思乱想，干扰他不能干正事时，他便启动"饥饿疗法"。此法有奇效，从而有力地维护了子有先生的君子形象。

绝拍

子有先生曾有一阵子迷上了书法。某日，他写了"春风中庸"四个字，贴到墙上兀自欣赏。内容不错，他心里自叹着。春风这东西，不分级别，不看职称，也不管你是什么种族，更不在乎你是城里人还是乡下人,春风啊,对谁都是一样地和煦温暖。

就在这时,来了个笑眯眯的胖子。"好字呀!"胖子惊叫一声。"怎么个好法呢?"子有先生笑了。"猛看上去有魏碑风骨,细看之下又涵右军气韵……"胖子说了一大篇话,几乎把古今的书法名家都扯出来了。最后的结论是:"您这四个字,与任何一位大师比肩,都毫不逊色,而且有您的自家个性。"

"你这么说来,我这幅字就是个杰作啦?"

"呵,呵呵,那倒也不是。"

"既然不是,那就说明它还有缺点,请你给指出来吧。"

"这个嘛———"

矮墩墩的胖子就踮起脚,像搜寻虱子似的,脸蛋几乎贴着"春风中庸",用后脑勺筛了好几圈。

"确实有点缺憾!"

"快指出来,我好矫正嘛。"

"您瞧,"胖子一脸严肃地说,"印泥有点弱,您该换换喽!"

事后很久,子有先生还在回味这个马屁,以为这个马屁拍到了极致,可谓"绝拍"。只是此后,再也没有见过胖子了,当然也偶尔通个电话。然而邀请他来,他也总是支吾着没来。

子有先生忍不住暗笑了,我说胖子呀,既然你爱拍马屁,就要考虑细水长流,你一开头就拍了个顶点,以后的马屁事业怎么搞呢?就像有些呆子,三十岁前拼成了名人,后半生的日子如何能好。

咥馍谣

整整三年了，日前的一个晚上，在大雁塔南侧的那个小音乐厅里，竟奇迹般地与子有先生邻座！我有一堆话要问他，但他示意我别吱声，聆听古琴独奏是要绝对安静的。一曲《胡笳十八拍》让我身心苍凉，深感美啊，实在是一个灾难。

从音乐厅出来，子有先生邀我走进一家咖啡屋。于是明白了。原来这三年里，子有先生一直云游四海，竟是为了忘却一个女人。"爱情如烟瘾，"子有先生无可奈何地说，"不管你走到哪里，这瘾与你始终如影随形。"

六年前，子有先生在秦岭山脚下的一个农家乐里，认识了一个他理想中的女人。当时农家乐里正好开蒸笼，一大笸篮白蒸馍热气升腾。所以此后两人的约会暗语，便是"咥馍"二字。极尽恩爱缠绵的时候，差不多每周一啐。三年后稀疏了。子有先生再邀那女人啐馍，常常没有反应。啐还是不啐，皆无回信，也不说原因。那女人大概正是因为清楚子有先生很爱她，于是才折磨他、拿捏他。子有先生咋都整不明白，啐馍是联袂共享人生至乐啊，你拿捏我你又能得到什么好处呢？

我说，子有老兄呀，你给你所爱的女人花过钱没？你不缺钱啊！"一分没花！"子有先生立马答道，"人生最美莫过于爱情，爱情最美莫过于纯粹的爱情本身。金钱是败坏爱情的第一杀手啦——当然，这要除过对方碰到困难确实需要钱的话。"此类艳事我不曾体会过，故无法评论。

"平均给她发五次'啐馍'的申请短信，她才回复一句内容同样的短信：'馍馍不吃在笼里。'"

"你过去没馍啐，还不是一样过日子么。"

"问题是啐馍上瘾了，不啐馍就特别痛苦！你知道吗，我为此整整失眠了两年多！女人太可恶，你胆敢爱上她，她便像美国一样，动辄制裁你呢。"

是夜，鄙人难忍开心。子有先生那么钟灵聪慧，居然被爱情煎熬得灰头土脸。于是日记道：

馍馍多、馍馍大，盛世啐馍自由化；
馍馍热、馍馍好，暖手温身啐个饱；
馍馍白、馍馍香，啐得腰汗如春江！

郎里格当、当里格郎——

馍装笼、笼拎走,失眠两年无人诉;

捂馍笼、唤不理,拿捏对方心窃喜;

馍馍馊、馍馍霉,流光一去永不回!

郎里格当、当里格郎……

童子打电话

我生长于万山丛中,十岁前没见过汽车。门前的大路上,沿河栽着电线杆。其实并不通电,而是绷着一根不知始于哪里、终于何地的铁丝线,连接了每家每户的广播。就凭这么一根铁丝线,首都打个喷嚏,不出十分钟,全国人民都知道了,都欢呼起来了,形势大好得溢于言表呢。

广播声总是气势豪迈鼓舞人心,现实里却吃不饱肚子。然而,一想到山外的人民大概有吃有喝莺歌燕舞,也只怨我们自己不该生在穷山沟了。

每天早中晚三次广播。广播时,全公社唯一的电话就不能打了,因为广播与电话共用一根线。

电线杆全是桦栎木竖起的。河里耍水腻了,就捡块石头打电话。你搂住这根电线杆,我倚着那根电线杆,都将耳朵贴上去,拿石块敲打杆子,于是嗡嗡锵锵的声音,振过百十米广播线,细如银针般旋进耳孔,浑身一激灵。

某年放忙假,小学生全都下地拾麦穗。拾两斤麦穗,记一分工。有天上午,我和阿牛各自拾了十多斤麦穗,如此好的劳动成绩,值得报告毛主席啊。

于是我俩各捏一块石头,飞快地跑到两根电线杆下。先说好,只敲杆子不喊话。小声说,随后碰面,根据双方敲击的次数,校正对错。敲打完了,跑到一块儿合成对话,居然无一字差错:

"毛、主、席、好!"

"小、朋、友、好。"

"您、吃、了、没?"

"刚、吃、了。"

"吃、的、啥?"

"麻、花。"

二十里外的镇上,唯一的国营食堂卖麻花、蒸馍。一根麻花八分钱、一两粮票,农民是吃不起的。且不说钱多钱少,关键是没粮票。在我们的印象里,世间没有比麻花更好的食物了。

刚好生产队长路过,问我俩刚才嘀咕啥。我俩就重复一遍,队长很不屑地道:

"就干吃麻花?毛主席昼夜为老百姓操劳,咋说也得一碗韭菜鸡蛋汤泡着吃呀!"

我们说,赶集时就见人捏根麻花边走边吃,没见谁还端碗鸡蛋汤么。

"碎娃们,"队长手一挥,"见识太少喽!"忽然喊叫一声,"谁家的羊,进苞谷地了!"

顺着队长喊叫的方向看去,一只母羊领着两只小羊,兴冲冲地进了苞谷地大嚼起来。麦收时节,苞谷地翠绿满眼,最是吸引羊了。

我俩跟着队长,屁颠屁颠撵羊去了。

饭局拾遗

依我看,连绵不绝、男女混杂的饭局,是一场场不入流的"春节晚会"。饭局集传闻、流言、废话、调情、段子于一体,既分享美餐又交流唾液,简直是智障的欢乐,透顶的无聊。当然,设饭局的人毕竟不是傻瓜,他总会瞅准时机,酒至微醺、男女荷尔蒙活泛到快要沸腾之际,以完全"不经意"的样子,说出他要办的事情。所以买单时,他的脸上写着"凯旋"二字。

总体上看,多数饭局属于空耗生命的自杀行为。但也不乏某些颇有韵味的游丝片羽。一次,饭局结束时,一高个子女处长与矮个子男局长合影。局长说:"好啊,我的手能不能搭到你的腰上?"女处长说:"那我就高攀啰!"众皆绝倒。女处长既不是诗人,又不是作家,但其"高攀"二字却用得如此朴素妥帖,又暗抛春风,巧送缠绵,实在与贾岛的"推敲"二字好有一比!

此等逸事不胜枚举,因其虽然搞笑,但终归有点腐朽气,所以打住。我要记录的是不久前的一场饭局。童年的一个伙伴,带着儿子来城里打工。父子俩打了半年工,只拿到不足两千块钱。儿子拆旧楼时,被砖砸伤了胳膊,在医院打了两天吊针就被轰了出来,因为无钱付费。为帮老乡讨工钱、争药费,我约了一个朋友及他的朋友吃饭。我想他俩会找人扶危济困的。

朋友的朋友供职于城建部门,也出身于农村,所以点菜时既家常又实惠,生怕让我破费了,还坚决不要酒水,仅以茶代之。主食米饭,主菜是辣椒回锅肉。饭毕,朋友的朋友让服务员给他碗里倒满白开水,反正碗也不大。他一边用筷子轻轻地搅着汤水,一边与我俩聊天。我深感亲切,因为我也是这个德性。这是儿时饥饿养成的不雅习惯,但我一直保持着。所以我也让服务员给碗里倒满白开水。更巧合的是,他对涮碗水的喝法,居然跟我一模一样——

筷子不搅了,就等涮碗水平静下来,然后勾了脖子,撮嘴前引。正准备吸呢,他又忽然抬起头,指着碗面说:"你俩看这,这些漂在碗面上的油珠儿,像不像分散在广大农村的人家?像不像农家的血汗?我这张嘴呢,像不像城市?"于是他再次勾脖子撮嘴,嘴贴碗沿,"刺溜"一声,但见那些油珠儿,排成扇形的小分队,一眨眼,全部进了他的嘴巴。

"城市的繁荣就是这么来的,"他继续说道,"仅就房产而言——我经常在房市上转悠——我发现房市之所以红火,一个重要原因是县上老爷来购买。当然,他们不会用真名。各个省城的房产,也大致如此。"朋友的朋友一口喝干"曲终汤":"县城的房产呢,又多半是乡长买了。"

猪　狗

某次吃宴席,与一美女邻座。美女微胖,纯朴憨厚,十分温馨。不知什么原因,大家说到人的属相,问那美人。美人抿嘴一笑,说:"不好意思,属猪。"举座皆是登徒子,于是尽说猪的好话。及至后来,猪简直比大鹅还可爱了。

猪确实可爱!我小时候,就养了一头很可爱的猪。家里祖传是吃斋的,因而从未杀过生。但是为了生计,也还是要养猪呀。逮回一个猪仔,没有圈,只好拿绳子绑在树干上。每次放学回来,脚步再轻,猪都能听清是我来了,愉快地哼哼,奋力前赴,要迎接我,把树拽得不住摇晃,摇飞了树上的鸟儿,摇落了半黄的叶子。打猪草当然由我一人承包,所以猪非常听我的话。

它爱吃,但是它更喜欢挠它的痒痒。正吃着食,你给它挠痒痒，它就不吃了，专心致志地享受。挠着挠着，大概被挠得来了醉意，但见"咕咚"一声，它就倒在地上。此时你挠它的肚子，它便夯起腿，要你再挠它的腿窝儿。所以每次到它跟前，它都要亲昵地蹭我的腿脚，表示它的感谢，申请再给它挠痒。

因这一个"挠痒之恩"，猪后来隆重地报答了我。卖猪的那天，它自觉地在路上步履不停。其他人赶的猪，却耍赖不走，得主人不住地拿细条子抽打才肯走，还要吱哩哇啦地喊叫。我的猪不是这样，它义无反顾地、大踏步地朝前走。我实在不忍，就给它挠痒，希望它放缓脚步，希望它休息一会儿，不要这样快地离开我！但是奇怪，再怎么挠它，它居然瓷锤似的毫无反应，依旧走它的路……

到了收购站，许多猪都在排队，等着过磅。有个猪正要过磅，却拉出一大摊屎来，气得主人猛踢猪尻子："该死的，你拉的是钱啊！"我的猪自动走上磅秤，屁股一抽一抽的，很让人担心。我解了系在它腰上的绳子，当下流泪了，因为我发现，它的脊背被绳子勒了一道槽，足有一指深。过毕秤，猪又走下来，脚一着地就开始拉屎。收购站的人很是惊讶，说："这猪还仁义哩！"此后许久，梦里都和我亲爱的猪在一起。

山里人家爱养狗，儿童尤其喜欢狗。我的那只黑狗有许多美德，我这里只记录它的临终表现。那是三九天，怕狗冻着，就让它晚上住进屋里。某个半夜，它不住地哼叫。我点亮煤油灯，起来一看，狗直立着，趴在门上，要自己开门闩呢。就想，狗可能要解手，因为它从不在屋里胡拉。就开了门，放它出去。门半掩着，我就睡了。

可是早上起来，不见狗了，只见遍地厚雪。顺着狗的脚印，一直爬到后山坡上，发现它已经死了，僵硬了。那块坡地很贫瘠，就地埋了狗。第二年，这一小片薄地，因了狗的肥沃，居然收了一背篓苞谷棒子！

　　"猪狗不如"是句骂人话，但我从不把这句话送给我讨厌的人——我才不想抬举他呢。

雨夜瞬间

云从天上下雨,简称"云雨",于是这个词便有了无限的温婉与曼妙。云是可观而不可触摸的,是虚幻的;雨是既可赏之又可触之的,是真实的存在。一虚一实,虚化为实,实升腾为虚,如此这般缠绵互动,世界上也只有"云雨"二字了。

我进院门时,看了一眼天。天上波涌着墨也似的云,像风中的仙女们的头发。看来要下雨了,心里格外温润。在长安这个缺水的北方老城,下雨无疑是上天给大家搞福利。时间已到下班,人们三三两两地走出办公楼。而我,和他们相反——开始上班。这原因是,在上班时间,我的办公室永远有来客,吃茶,闲聊。我是爱朋友的,朋友们不断地造访也说明朋友们爱我。问题是,我因此而没有了独自的时间,公家的事儿，私人的活儿，都无法干了。所以，我经常选择大家下班我上班的工作方式。

今天是周末，我要大胆地干点私活，为自己写篇文章，尽管写文章是蠢材的无奈。

妻带着儿子进山避暑去了，撇下我一人在城里。倒也清闲了许多，正好读书写作吧。可是那窗外的雨声，总让人难以入静。雨点密密地落到树叶上，如千万只蚕吃桑叶似的。间隔着一阵风吹过，那雨声又成了奔跑的丝绸，呼啦啦远去了。此声此境，适宜读《西厢记》，或者柳永词。可是一瞧玻璃上的自己，老啦，便不由得自我声讨一番。

如果此时响几个炸雷，狂泼一阵大雨，那准会激起人的豪气，以便思考天下大事。然而此时的雨，却下得那么宁静素雅，那么中庸绵和。古书上说的"恩泽"二字，大约就是指的这种雨。于是我仿佛看见，雨中的梁山伯与祝英台，执手相看泪眼，依依惜别的无限感伤的画面。此时的我，脑子里怎么也甩不脱"爱情"二字。

我知道，一个人，无论其年龄有多大，如果这"爱情"二字每天还能在他的胸腔里跳跃一次，那就可以断言，他是一个健康的人，他是一个热爱生活的人，他更是一个遭遇丑恶就会暴怒、面对美好便要落泪的人。当然，他也是一个经常显得可笑，但说到底仍不失某种可爱的人。我也是这样的人吗？实在不敢自吹自炒，我哪配呢。但我要说的是，婚姻中人对于爱情的神往，并不亚于未婚人，并且它同样是天然的、纯洁的。你可以不去实践，但你无法不产生那种

"想头"。否则，你该去看医生了。

我觉得我已经为自己找到了足够的理由，于是翻出电话簿，查出一位女士的号码。这一刻，我极想和女性在一起以不辜负如此的雨夜良宵。我一下就打通了。她说："我正在雨中行车，要去吃夜宵呢。"一看表，早过了九点，立刻觉得很饿，于是我说："那你开车来接我吧，我饿极了！我买单！"

"好的，"电话里的声音清脆又愉快，"好久没去你单位了，路怎么走呢？嗯，想起来了，到门口我打电话，你出来！"

我突然觉得这女子简直是从《聊斋》里抖搂出来的，是那样风情婉转，那样娇媚可人！这一瞬间，我对她充满了感恩之情——我确实找不出比"感恩"更恰当的词了。在孤苦的雨夜，有一个女人来接我出去吃饭，难道不是一种恩和情吗？是的，在这个雨夜的瞬间，我对她充满了感恩之情，就像对我的妻子、我的母亲。

我立刻去水房洗了脸，还梳了头。待会儿见了她，我一定要规规矩矩，不能碰她的手，不能拥抱她，更不能亲吻她，尽管我非常想那样。当然，在如此细雨绵绵的夜晚，她要是有了被拥抱、被亲吻的暗示呢，我是否应该回应、配合？看来这是一个问题。到时候再说吧。总之，我在这样一个雨夜，瞬间变得如此多情，如此"身体健康热爱生活"，似乎少年时代都不曾有过。

我在兴奋中熬着时间。大约过了四十分钟，那位女士来了电话："我车开到你门口，停了十分钟，还是走了。你还是回家吃吧，让你老婆给你做算了。"

一股悲凉的风从窗口拍打进来。我猜想,世上的心脏病、脑出血以及无数的阳痿患者,都是类似的极其微小的事件导致的。

我回过头，看见那女人腋夹木盆，斜斜着背影，摆摆着胯部，与她的儿子一路走一路说笑。风，掀起她和她儿子的衣角，仿佛揭示出一种秘密，一种关于什么叫幸福的秘密。

——《森林边的洗衣妇》

拥 抱

对于"拥抱"这个词,人们常常虚用,如"拥抱生活""拥抱太阳"等。而我,却往往是一个实用派。

下班回家,听见厨房里的叮当声,就心生感激,便悄悄溜进去,从背后拥抱一下妻子。"行了行了,没见我正炒菜嘛。"嘴上这么说,但想来她心里是很欣慰的。用她日常的话讲:"就是喂猪,也得图个高兴。"几分钟后,儿子放学进门,又迎上去拥抱一下儿子。儿子和老子一般高了,对于老子的拥抱竟是嘴角一撇,是不屑呢,还是难为情?弄不懂。

过了四十岁后,就觉得生命是如此美好与短促,便常常情不自禁地要拥抱那些有恩于自己,或为自己所热爱、所欣赏的人。年近八旬的岳母来了,一下子联想到她为我养育了一个妻子,又亲手接生了我的儿子,并精心拉开了我儿子最初几个月的生命序幕。于是我拥抱了岳母。老人家说："看你这娃，有啥高兴事嘛！"我说："女婿见了丈母娘，能不高兴吗！"

我还想拥抱一次母亲。可是好强的母亲总不给我机会。母亲在很年轻的时候，就和父亲离了婚，从此再也没有接触过男人。我是她唯一的儿子，但我是个男人，我要拥抱她，我要表达一个儿子对于母亲的热爱之情。今年春节，把母亲接到城里的新房，晚上她洗了脚，让我去拿拖鞋。我趁机说："不用拖鞋了，我抱你上床！"没容母亲反应过来，我就抱起了体重不足七十斤的母亲。第二天早起，母亲批评我说："别跟电视里的洋人一样，不好。"

远方来了朋友，无论其是男是女，我都要"不亦抱乎"，乃是一种对于久别重逢或早闻其名的激情乍泄。

一位江南的编辑姑娘来约稿，令人惊艳不已——简直是电影里溜出来的人儿呵！我送了一本签名书，她双手接过，嗅着墨迹说："好香呀！"我一下子被感染了，情不自禁地张开双臂，将姑娘揽进怀里。她乖巧地接受着我的拥抱，甚至踮了一下脚，用她的脸颊飞快地蹭了一下我的老脸。"如果我结婚早，"我对姑娘说，"生的也是女儿的话，肯定跟你一样美丽可爱。""你这话，"姑娘想了想，皱皱眉头，说："没才气哦。"

而对于跟前的朋友，情况就有些不同。偷闲约个棋友，开战前总要互骂着拥抱一下。拿着烟酒来换字的客人，也是要拥抱的，无非是通过此种愉快的形式，来表彰因学习书法而被人喜爱的自己。

倒是一位中年妇女，很让我难堪。这女士与我交往好多年了，人品是没说的，甚至还有几分难得的豪侠。每每相隔上个把月时间，我们便约双方的朋友，聚餐一回。一次，她帮了我个忙，首先是她自个儿高兴不已，加之那天，她穿了件黛色短袖，又因了美酒助兴，人就显得光彩逼目。我忍不住了，就倾身去拥抱她。结果——她脸一吊，转身走了。几分钟后，她发来一个短信："男女间一旦有了那个，友情就结束了！"

我是步行回来的。一路上，我不断地自我惩罚。我用左手扇右手，又用右手拍打左胳膊。沿途的景致绿肥红瘦，忽然发现，一个女子抱着一株翠柳不放，而另一个男子，却搂着电杆发呆。这说明人的双手，除了劳动与自卫外，还潜伏着强烈的拥抱欲望。这欲望，依我的理解，正是孔夫子毕生倡导的"仁爱"情怀。

抽　签

出门逛风景，无论你想不想看寺院，都要遭遇寺院。佳山胜水之地，若无寺院，是难以想象的。佛，是山水鉴赏大师，品位之高，冠居天下。

但是，到了寺院，我基本不烧香，也并不总是进去。然而，我却常给功德箱里塞点碎钱，少则两块，多则五块，偶尔也出手大方地塞十块——那多半是同行中有一位美丽的"女菩萨"，她都塞十块，咱就不由自主地跟着慷慨起来。

我给寺院里放点小钱，首先是代我母亲布施，其次是对我祖母的怀念。祖母和母亲，是虔诚的佛徒，人生的主要内容是烧茶煮饭，所以我在上大学前的二十年里，严格说没有沾过腥。遗憾的是，祖母没有到过百里之外，不可能看见大寺院，只是常到后山的小庙里进香。她信佛的具体行为是，最喜欢帮助周围的人，凡经过门前的乞丐，她都要唤来，给点食物或旧衣服什么的。可惜她去世太早了。

每年接母亲进城过春节，都要陪她逛寺院的。逛前，妻子总要给母亲兑换一堆崭新的小钱。西安及其周围的寺院，差不多逛遍了。大兴善寺里，佛像很多，每个像前均有功德箱，母亲就一个一个地，双手捏着小钱往进塞。我嫌麻烦，二次逛兴善寺时，抢先给主殿里的大佛孝敬了十元。但是到了偏殿的小佛前，母亲依旧布施，还说："大佛小佛都是佛，大官小官都是官。"

我原本是不叩头的，但是，当在功德箱前有了掏钱的动作，就总有僧人早早扬起木槌儿，做出要敲磬的姿势。敲磬历来是叩头的伴奏，只好下跪蒲团，合掌，虔诚地叩头了。否则，人家空举着小槌儿，敲还是不敲？敲吧，你没跪下叩头，等于音乐响了不见舞者；不敲呢，小槌儿如何放得下来？真是一个尴尬。

叩头归叩头，但我从不许什么愿。往功德箱里丢点钱，并不是给佛的，佛怎么要这点俗物呢？佛还缺什么吗？这是给住寺的佛徒们集点资，他们至少为保养古建筑做了贡献，所以不应该让他们的生计成为问题。就算佛真的手头紧，我们给他送一点点不足挂齿的钱，就立马叩头许愿，要佛替我们办个事情，或给我们一个什么东西，这不是把佛当成开小卖部的人了吗！

多年前，我和几个朋友逛一座小小的山寺。寺院里就一个年轻的和尚，老远见了我们就双手合十。一进庙门，大家就开始抽签。有位朋友给和尚介绍说我是某某，让我免费抽一签。我是从不抽签的，可朋友一再说"玩嘛"。和尚迅即抱来签筒，捧到我胸前。恭敬不如从命，就抽了一支。是个"下下"。和尚依着签卦，从墙上对应着揪下一绺小纸片，出租车票的样子。票上是一首毫无诗意的诗。诗是解读我抽的签的，三个字：糟透了！

朋友的脸难看极了，忙说："这是游戏，你别当真！"我自然不当真。可是当朋友一再宽慰我"不要当真"时，我还真的有点发毛。同行的另一个朋友取笑说："老兄，你到哪儿都可以白吃白喝，唯独庙里抽签，要自费，不能报销哦！"于是我掏出十块钱，塞进功德箱。再抽一支，却是"上上"，那首对应的诗呢，也是三个字：好极了！

这是我平生唯一的抽签。我为何不抽签呢？一是我从不相信抽签，二是就算那签异常灵验，那我也不抽，因为我喜欢的生活，应该是出人意料的生活。如果签上说我两年后要当省长，那么在上任之前的这两年，我就不知道怎么度过了，很可能患上失眠症。要是签上说我下半年要摔断胳膊，那我恐怕得立即四肢健全地卧床半年。总之，抽签无论言好说坏，都会程度不同地打乱了我原有的、平和正常的心理生态。

抽签跟佛毫无关系，所以我坚决不抽签。但我不反对别人抽签，因为抽签不仅属于传统文化，还可拉动旅游消费，更是对于烦恼苦难的一剂抚慰小补。虽然虚幻，终归聊胜于无。因此，我祝愿天下的香客们，但凡抽签，必是"上上"。

好人老沙

认识老沙的人都说老沙的裤裆一年四季没干过。因为他是个急性人,小便结束也不抖几下,边系裤带边风风火火地跑出厕所。其实也没有什么要紧事,无非是抓住《参考消息》,从第一版的最上角读到第四版的最下角,边读边发出一种只有联合国秘书长才配发出的长长的极其忧患的叹息声。然后再看第二遍。若碰上某某大人物去世的追悼会,他就戴上花镜,清清嗓门,声情并茂地朗读起来,尽管满嘴的错别字。他认为悼词是天底下最好的文章,因为悼词不讲究辩证法,只说这个人的优点和种种功德。一死万事皆休,仇人也不再提逝者的坏处了。

上世纪九十年代,在这个机关大院里,只有老沙是个一头沉的干部。他家在城南十五里的山里。每天黑早起来,他总是烧一壶浓茶,啃一牙锅盔,然后骑自行车进城上班。他是最早一个进办公室的,扫了垃圾打了开水后,大家才依次来到。有会开会,无会看报。谈谈工作,聊聊闲话,就到午饭时间了。老沙的午饭是在街上的小摊吃的,吃毕午饭,回到单身宿舍,老沙仰在床上,读悼词。读着读着,打鼾了。

老沙的身体很好。无论刮风下雨,他都按时上下班。纵然如此,每次领工资时,他总是很愧疚地说:"这个月没干啥名堂呀,又是一百多块,真是的。"心里过意不去,就买一盒好烟、一把瓜子。给男人发烟,请女士吃瓜子。心里仍过意不去,就想办法做些事情。科长的岳母死了,局长的狼狗下崽了,新来的大学生入党了,老沙就忙活起来,号召大家要么哀悼要么庆贺。哀悼也好庆贺也罢,总之是吃一顿。当然不能白吃,得凑份子。凑份子就是掏钱,三块五块十块不等,看情况而定。科长的岳母死了,就出十块钱;局长的狗下崽了,就出五块钱;大学生入党了,就出三块钱。人家也按出钱的多少来款待你。自机关盖了家属楼后,大家一下班都钻进了各自的密室。可以说老死不相往来,谁也不知道谁家发生了什么。若是听见老沙敲门,开门人第一句话就是:"出几块钱?"

所以,一见老沙拿着一张红(白)纸、一支圆珠笔、一沓钞票沿家沿户地串门,大家就明白又出事了。要是谁个不在家,老沙就代人家垫上钱,人家回来自然感谢不已。不过有的也并不领他的情,说:"他家就是死俩关我屁事!"老沙一笑了之,心想谁都有需要人帮忙的时候么,钱白垫了也就白垫了吧。份子凑齐,就购置礼品,开上发票，连同凑份子名单，一分不少地送给当事人。不管你是否乐意凑份子，但是面对着老沙手中的纸和笔，你只能掏钱而不好说什么的。大家并不怎么宽裕，所以就有人讨厌老沙，说他是陈规陋习、农民意识。

　　春天来了。春天是万物生长的季节，也是该死的就得死的季节。许多生病的人都熬不过阳气过盛的春季。机关一星期走一个，都不到六十岁。都说是家属楼盖在了坟地上的缘故，整整一个阳春三月就没了四个。这可把老沙给忙坏了：除了收份子买东西写挽幛，还得摆治死者。城里人不大迷信，可面对尸体也还是很害怕的。给死人洗澡、穿老衣、烧纸焚香、蒸献祭炸油饼，都由老沙一人承包了。而且，他还按乡下的葬仪来处置，除火化外。每死一个，他都要请一班龟兹手，吹吹打打，弄得机关大院过庙会一般。领导也不好劝阻，也不好批评。人嘛，一辈子也就死一回嘛。

　　一连送走四个人，硬是把老沙给累垮了。十多天了，他还没有来上班。领导说，让他在家好好休息吧。反正他又不管人又不管钱，也不会起草文件也不必参加会议决策，他上不上班都无所谓的。大家倒有点不习惯，因为没有人扫垃圾打开水了，得值班轮流干了。可是，一看见大院里的三个少妇先后生了孩子，大家又都不希望老沙来上班。他一来，又得张罗，如今只生一个孩子呀，哪有比这更大的喜事哩，凑份子给她们买些营养品吧！送礼一半是因了相好，一半是还人情。新产妇都是年轻人，年轻人也没种下什么人情，所以不送礼也说得过去。现在凑份子的起点就是十元，谁受得了！

大家都巴望三个产妇坐月子快满月。也就是说,老沙来上班时,产妇们出月子,老沙就没治了。

满月的第四天,老沙的老伴来了。她说老沙死了,死了半个月了。大家震惊万分,问为什么不报告?为什么不在生病时就通知单位?老沙的老伴说,老沙不让报告。"我一辈子没得过病,"老伴转述老沙的话,"这回一得病肯定是要命的,就不扰害单位了吧。咱很丢人,咋也改不了农民意识,弄得同志们都不畅快。我没脸见他们啊……再说……我也不想火化……"

土葬是要被取消一切常规待遇的,甚至也不能开追悼会。大家心里不是滋味,好好一个活人,说走就走了,连声招呼都不打,真是个急性人!见大家蔫不拉耷的,领导们就碰头,决定破例给补个追悼会。女会计揉了揉红眼睛,说大家是否给老沙凑个份子?可能是她的声音太轻了,大家都没反应,似乎都没听见。但是,大家一致通过——全体去老沙的墓地开追悼会,因为大家都没去过那个城南十五里的小山沟。顺便郊游一次,也好。

单位决定用公费为老沙买一个最大最华贵的花圈,花圈上当然要配饰白色的挽带,当然要写上"音容宛在""驾鹤西去"之类的哀语。悼词由刚入党的大学生撰写。老沙活了五十九岁,除此之外,还有什么值得写呢?可怜的大学生苦思冥想了一个通宵,稿纸上还是那几个干巴巴的字:

好人老沙。

单面人

唐僧是历史上的一个真实人物。此处要说的唐僧，则是伟大作家吴承恩虚构的一个艺术形象，这个形象集儒生的酸腐、教徒的虔诚于一身，成为中华文化的一个经典符号。唐僧胆小，一听说有妖精，立马屁滚尿流；又很自卑，见了任何神都顶礼膜拜，没有丝毫的辨别是非的能力。但他有两个极为了不起的能耐：一是不为女色所动，二是坚持西天取经的初心不变。

唐僧所遇到的妖精，大都是一个景况，即男的女的都要吃他的肉。不过女妖，初开始并无意吃他的肉，全因要嫁他未遂、粉面蒙羞被逗恼，这才要吃他的肉解恨。我觉得唐僧在这一点上很不像话。假如我是唐僧，我一定答应跟女妖结婚，如此漂亮的娘儿们多疼人啊！况且女妖，是父系社会之后第一批女权主义者，她们独立自主、风情万种,她们经营有方,于是有了自家的领地、产业以及大量的员工。这样的女人还不可爱,世间就没有可爱的女人了。假使女妖的爱情得以实现,那么她们断然不会再做坏事,谁见过得了爱情的人干坏事?这难道不是大慈大悲的行为!但是唐僧偏偏思维单一,凡是有碍他取经的事,他一概不为。他一辈子只想一件事——取经。因此可以说,唐僧是个可怜的"单面人"。

所谓"单面人",就是说这个人的一生可用一句话来概括,如:为了吃够三百种动物尸体的美食家;为了退休时享受到副部级待遇;为了一切都不缺之余,还要奋斗一百万存款;等等。当然也可以说这类人生是"有理想的人生",只是未免太单调乏味了。我并不反对人生应该有个理想、有个目标,但追求理想与目标时大可不必过于专注投入,从而丢掉了色香味俱全的多姿多彩的生活内容。正如一个人爱吃王八,一日三餐唯见满桌子大小王八,如此光景,有甚意思!

我原来的一个朋友就变成了"单面人"。过去,我俩时常一块儿喝酒、下棋、谈女人、交流读书心得,可是自他迷上了股票,我们的友情就中断了。他如今是非股票的书不看,非股票的话不谈,让人烦透了。他的钱据说早已突破七位数,但是头发稀了,经常竖着衣领子,双手插兜里,孤单高傲地走进小饭馆,要一碗永远不变的羊血泡馍。他钱多,但是不花,更不耗费于爱情。钱有何用呢?只是一堆不断变幻升降的电脑屏幕上的数字而已。此般"数字人生",让人懒得点评。

最容易导致"单面人"的行为是做官,因为做官的主要内容是开会、讲话、吃宴,其余基本不会,也许是不敢会。退休之后,由于不能再开会讲话吃宴,因而苍老得特别快。我曾和一位即将退休的官员去秦岭脚下赏花,见一大片白云游过头顶,实在让我心旷神怡。而那位呢,当然也是呆仰着把白云看了半晌,末了,感慨道:"要是能把西部大开发特别是退耕还林的文件印到白云上,那该多好!"

我在感动之余,又同时担忧他的退休生活将如何消磨。

外遇外语之憾

多年前,应峨眉山风景管区之邀,我去了一趟四川。管理区派了一个小伙子,往返陪着我。小伙子叫什么名字,已记不清了。姑且叫他小眉吧。

那是一个炎热的下午,我俩从成都登上由昆明开往西安的火车。票不好弄,就一张硬卧,小眉自然去了硬座。我找到属于我的中铺,惊讶地发现,对面的下铺躺着一位女士,脸上盖着一本外文书。我之所以惊讶,是因为她穿着一条牛仔短裤,展露的那双腿呀,那比例、那光泽,是我平生从未见过的!中国女子也有如此美腿?我颇质疑。

肯定是外国人,因为对面的中、上两铺位,分别躺着一洋男和一洋女。我趴在铺上,俯瞰眼底之美腿,心里受用得很。这双腿显然超过银幕上的梦露腿。梦露腿容易诱发情欲，眼下腿则以激发美感取胜。当然情欲和美感是经常混合难辨的。谁要是能够将美感与情欲清楚地区分开来，我看就可以荣获诺贝尔生理学或医学奖了。总之，不能死盯住美腿看，否则没法保证"思无邪"。

为了分散意念，我从口袋里掏出装在信封里的照片。是风景区给我拍的，还未来得及细看。这一张挺有意思：一个尼姑与我面对面合掌，相互作揖。恰在这时，火车驰过树林，扑窗的一团风吹掉我手里的照片，正好飘落在下铺的美腿上——

她被惊醒了，挪开书本——果然外国人，碧眼金发！哎呀呀，那张脸是何等的优雅端丽！她坐起身子，拿起照片，看一下，抬起头瞅我一眼；再低头看一下照片，于是露出一个笑，是那种湛蓝色的"海伦式的微笑"。她抬起玉臂，将照片递给我。"散客游！"我说了一句我唯一能说的外语。她说"不客气"——当然不是汉语，我猜想的声音。

这是一个多么好的拉话由头！可我，当初压根儿厌烦外语。大学里唯一补考的，也正是该死的外语！怨谁呢，来了艳遇干瞪眼啦。

而中铺的那个男子呢，爬到上铺，与上铺的女子，弓着腰连吃带喝，还不时地亲吻，且伴之以大面积的肌肤摩擦，两只海豚相互蹭痒似的。下铺的那个美人呢，继续看书，孤单而娴静。可见全世界都一样，太美的人经常是寂寞的。我正感慨不已，小眉来了，抱着两桶方便面，面上几根火腿肠，请我吃晚餐。可是我没有反应，目光一直关怀着洋美人。"老师迷上她了？"小眉笑着说，"咋不跟她聊天呢?"我说我不会外语。"你是大作家,名字又叫'英文',咋可能呢!""没道理嘛,"我有点生气且好笑,"你说说看,世上叫'富贵'的人多不?有几个是富贵人!"

"我来试试。"小眉就跟那女子呱唧开了。小眉一年前自四川大学毕业,外语当然能应付。两人对话时,除了冷落和醋意,我只能眼餐秀色。洋女的鼻子,线条流畅一贯到底,既显个性又不失柔润;耳朵附近几粒雀斑,尤为亲切可人。我猜测,她大约是北欧人,因为炎热地带,生命总是一个速成与膨化,断不可酿出此等绝色!请小眉将我的推断说给洋女,洋女惊喜地看我一眼,长长的一眼。同时说了句什么。

"她说她是瑞典人。"小眉翻译道。

我的脑海立刻放起幻灯片——北极光,森林,湖泊,小木屋,狗拉雪橇……可惜我没法与她拉话,只能眼巴巴地看着小眉。上铺的两个青年老外,吃好了,亲够了,就也勾着脑袋,加入谈话。他们是研究生,来中国度假的。而她则是他们的老师,大学助教也。

小眉后来很少翻译了,只顾他自个儿陶醉在"外语才华"里。这小子一路上都叫我老师,毕恭毕敬的,眼下却无丝毫的礼让美德。望着他那叽里咕噜的双唇,我只恨手里没焊枪。否则,定将他的两片子焊死!

我还猜测,美女说话肯定涉及了我,并且是美言——因为她间隔着总要看我一眼——当然这也许是我的自恋式的多情遐想。可是全让小眉"贪污"了,偏偏不给我翻译……

天黑了，火车爬上秦岭，进出隧道，巨大的轰鸣伴随着我的一肚子委屈和遗憾。一夜没合眼。灯熄后，一直趴着欣赏下铺。只有经过山间小镇时，外面的光亮扫描进来，才能欣赏个瞬间。

第二天下午车进西安。我们一块儿出站，最后自然是个分别。五个人相互握手。我忽然大起胆来，因为如此奇遇此生不可能重复，况且我已经遗憾得够够的了，不能再将遗憾放大。于是，我以下达命令的口气，对小眉说：

"请告诉瑞典美人，我申请拥抱她。直译！"

小眉大惊，却也照我说的翻译了。瑞典女子先是一愣，接着羞怯一笑，将手里的提兜放地上。但见她微闭双眼，侧过头去，微翘的下巴转了转，转了个小小的句号，分明是这样的意思——来抱吧。

我拥抱了她。那一刻，我感觉瑞典佳人温柔极了。当然我也是无比温柔。为美而倾倒，愿置江山社稷于不顾。当然假如我拥有江山社稷的话。

我拥抱洋美人时，站在旁边的那对老外，击掌笑道："噢！噢！"后来才明白，他们是学说中国话："好！好！"

森林边的洗衣妇

我进深山里采访,步行到一片森林边缘。森林,是一个充满诗意的名字。森林里渗出一股清水,恰如这首诗的诗眼。水从森林边缘的石坎上垂落下来,与光阴同步垂落出一个坑,汇聚绿水一潭。森林,是美好的;水,是诱人的。森林边的水潭旁有个漂亮的女人洗衣裳,请你闭上眼睛想象一下,是怎样一幅画面呢!

我眼睛当然不用闭着,更无须想象,因为这动人的画面就在我的眼前。我走到水潭边,蹲下,挽起袖子,洗了洗手,掬起一捧水喝了。我喝水的声响惊动了洗衣裳的女人,她抬起脑袋,冲我喊一声,说:"大哥,我把水弄脏了,你到上边喝呀。"我认真地说:"上边水干净是干净,可就是不香。潭里的水让你一洗一搅,就香喽。"听了这话,一朵羞红的晕影浮上她的脸颊。羞红,这是女人脸上最天然最迷人、最尊严最自爱的颜色,这种颜色在城市的女人脸上已经很少见到了。她也明显觉得自个儿的脸热,便慌忙扬手,装作往后拢鬓发的样子,以此掩饰难堪。她说:"大哥,你真有意思,渴了你到我家里喝茶好了。"

事实上我一点儿不渴。我坐到一块圆卵石上,燃一支烟,静静地看着这个女人洗衣裳,像那些懒惰的丈夫看着妻子劳动一样。她的脸健康而红润,一双胳膊匀称修长,动作轻盈欢快。石板上搓洗衣裳,嚓、嚓、嚓,每嚓一声,手便碰起一串水花,水花在空中分散成银色的扇形的水珠,瞬间落下,又瞬间腾起。她低着头,嘴唇抿得紧紧的,看样子是不想理我了。

"大姐,"我实在忍不住要跟这个好看的女人聊天,"你结婚了吗?"她终于仰起脸,皱皱眉头,思考着我的问话。当她凭直觉判断我并非坏人也没有歹意时,她嘻嘻哈哈笑起来。她模仿我的腔调说:"'你结婚了吗?'瞧你一双眼睛长得恁大,咋没一点儿水呢?我儿子都上二年级了!"说完又嘻嘻哈哈地笑起来,笑得快岔了气,笑得要打喷嚏。但是打不出喷嚏,便仰起脸看太阳,请太阳帮她打喷嚏。太阳当然是热心肠,只照了她三秒钟,就让她打了个酣畅淋漓的喷嚏。

我想这样美好的女人应该生活在城里,应该生活在许许多多的人们中间。因为我们每见一个美好的女人,眼睛便为之一亮,灵魂迅速向高尚提升,言谈举止也格外温雅柔和,生怕这美好的女人小瞧了我们。于是我问她:"你进过省城吗?""干吗要进省城呢?我连县城也没进过,也从不想进。听说城里人多得很,人跟人都不说话。吃饭要挤,上厕所要排队,还要掏钱。吃饭要掏钱我想得通,上厕所要掏钱就是怪事了,要掏钱只能是谁的厕所谁掏钱呀!"听听,真是个傻乎乎的村姑。

这时候,一个胖嘟嘟的小男孩不知从哪儿跑了出来,嘴里大喊着"妈妈",老远就把书包扔了,一下子扑到妈妈的背上,双手环住妈妈的脖子,差点把妈妈弄进水里。儿子赖在母亲的背上撒了一阵娇,就松开手,却让手冷不防地探进母亲的前襟,要玩母亲的奶子哩。见有外人在场,母亲怎么也不答应。一个要玩,一个不让玩,一拉一扯一闹腾,母子俩都仰了过去。结果母亲的后脑勺碰疼了儿子的门牙,儿子就哭了。母亲急忙抱儿子哄儿子,给儿子洗净鼻涕和泪水,同时指着我对儿子说:"叫干爹呀!"孩子刚喊出一个"干"字,我就慌忙答应了。我知道这一带的风俗,外面来的男人,当地的孩子均呼干爹。

过了一会儿,男孩捡回书包,从包里取出一个桃色发卡递给母亲,说:"我爹在镇上给你买的,我妗子坐月子了,生了个女娃,我舅拦住我爹喝酒去了。"母亲接过发卡,戴上,脑袋摆来摆去地以水为镜,看得十分得意。忽然问儿子:"你妗子坐月子了?那咱得准备几斤鸡蛋送礼去。"可是孩子噘起小嘴巴,满脸忧愁地说:"妈,今日考语文,我只得了……得了五十七分。"母亲说:"我的肉蛋蛋,妈叫你去上学,是叫你跟小伙伴儿玩的,怕你一人在家里急人,你以为妈真的要你念书上学?你看那些书念多了的人,脸上整天吊着丧,何苦来呢。你只要把身体长好,长得跟你爹一样壮实就行了,能劳动、能吃饭、能睡觉就行了。上课时,你想打瞌睡就打瞌睡。不想听课了,你就悄悄地溜出去逮雀儿耍。""老师见了揪我的耳朵咋办?"儿子很纳闷的样子。"这个嘛,"女人真的揪了一下儿子的耳朵,"你不会自己动脑筋啊!"

母子俩把洗净拧干了的衣服收入木盆。女人用一双快活的眼睛看着我,说:"他干爹,到我们家吃饭走!"我说不了,乡政府给我准备着饭呢。女人依旧邀请,说乡政府的饭不好,无非是米饭面条什么的,不如她做的饭。她说她能做香菇肉,还有酸菜面鱼儿。我真想随她而去,但身子站起来,还是迈开告辞的步子。见我不去,她指着身后的那丛竹园说:"他干爹,那是我们的家。你下次来了,一定到家喝茶吃饭啊!"

于是,在森林旁的水潭边,我与这对母子相向而去。当时起风了,森林发出一种音乐般的沙沙啦啦声,所有的绿色叶子翻了上来,显出叶子背面的浅白。我回过头,看见那女人腋夹木盆,斜斜着背影,摆摆着胯部,与她的儿子一路走一路说笑。风,掀起她和她儿子的衣角,仿佛揭示出一种秘密,一种关于什么叫幸福的秘密。

春天里的胖子与月亮

昨天下午正逛书店,忽接一个电话,说:"方老,快来救救我!我要死了!"此君姓南,是个胖子,坦荡率真。估计是想我了,耍怪呢。反正书店距他家不远,我便散淡着步子,朝他家走去。一上到他住的单元楼,见那门早已半开着,显然在等我。我刚跨进一只脚,他便一把将我抱起来,重重地扔到沙发上,说:

"你咋不是个女的呢!我这阵子想死女人了!"

原来,他老婆今天一早,带上儿子回娘家了。他原计划要安静地写篇文章,谁知家里一空荡,他推窗一瞧,见院里的树木在暖风中摇曳着萌萌的绿意,当下就心猿意马了,恨不得立马谈个恋爱。于是,他翻出电话簿,给那些与他平时相熟的女士们打电话。结果全联系不上。好容易接通一个电话,人家刚进产院里准备生孩子。他烦躁得很，这才请我来，扯扯闲淡，分分心思。难道我是他的弄臣？真让人哭笑不得。

"春天来了，南胖子发情了！"

"你怎么说得这般难听？我一个身心健康的男人，躬逢盛世，在美丽的春天向往美丽的爱情，难道有错吗？"

"可怜的胖子！"我不由得怜悯起来，"圣人早就要求我们'发乎情止乎礼'，可见圣人比较宽容俗人的发情，并不阻拦发情的。但要'止乎礼'哦！就是说，你发起情来想异性了，怎么办？你有老婆嘛，赶快跟老婆谈情说爱嘛，这才合乎礼。"

"你真是老糊涂了，方老！老婆把我压榨了十四年，我还有多少情给她呢？"

说毕，南胖子像一头百病缠身的熊猫，四仰八叉在沙发上，半天不吱声。末了，他又用肥手拍着他的"象腿"，叹道："难受，难受，我难受啊！"又坐起来，抓起茶几上的水果刀，"给，你戳我一下，让我分分心。他妈的这比痛还难受，比痒还难忍！"

茶几上有一盒火柴，我抽出一根递给他，让他挖挖耳朵，兴许好受些。这是一个在青藏高原当过兵的上尉告诉我的法子。南胖子就挖开了耳朵，挖得龇牙咧嘴的，看上去滑稽透顶。

"这个办法不错！可惜圣人那时没有火柴，不然那语录就成了'发乎情止乎火柴'。建议方老写篇文章登到报上，估计现在，跟我一个状态的男人不在少数。"

"那是肯定的，生活好了，胖子遍地滚嘛。"

夜里躺床上，依旧忍俊不禁。随手抓起枕边的一张报纸，上面有篇"路透社消息"，文章标题是《十六的月亮大而圆》："如果明天晚上的狗儿狂吠异常，如果恋人们感到求爱的愿望强烈，请不要奇怪。美国航天局说，因为这将是一年中月亮最圆最亮的时候。明晚的月亮，满月时正巧也是月亮在其运行轨道上离地球最近的时候。所以月亮将比平时大百分之九，亮度提高百分之二十……此时的地球距太阳最近，月亮也随之与太阳最近，月亮自然无比明亮。"

一看日期，正与南胖子的发情时间吻合——西半球的月夜，正是东半球的白天呵。几千年的诗歌都在描绘月亮与爱情的密切关系，可是直到现在，我才明白这是有科学依据的，并幸运地亲临了现场。

后宫逸事

古诗云：后宫多怨妇。为何多怨妇？因为后宫的裙钗粉黛多不胜数，且尽为天下的美人梢子。佳丽如此之多，丈夫却只有一个——皇帝。皇帝乃九五至尊，当然是天下最忙碌也最权威的男人，整日要决策国家大事，更要时刻提防来自方方面面的阴谋与暗算，所以并不十分在意男女之事，全由兴趣使然。皇帝即便很贪色，他也不是铁打的身子，脚下又未安装风火轮，怎能满足几百几千个佳丽的爱欲呢！所以嫔妃们一天到晚，只想两个字——争宠。宠是极难争到的，无宠即无爱。女人没有爱情，其生命大致形同虚设，犹如水塘无荷，或有荷无蜻蜓，寂苦难忍哪，能不怨气冲天么！后宫里许多貌若天仙的女子，苦盼君王不得见，致使香腮枯萎青丝飞雪，临死还是个童身哩。

有这么一个嫔妃，我们姑且叫她望君吧。望君入宫十多年了，别说皇帝临幸枕边，竟连皇帝的影子也不曾见过。这也罢了，关键是压根儿没有正常的男人可接触。后宫里的所谓男人，全是被骗过的货色，就是太监。太监们说是男人却没有喉结，说是女人却又能勉强站着撒尿。一句话，太监是那种不男不女的人。太监们因生理受刑而导致心理变态，所以面对正常人，他们总是表现出一种敌意。何况他们天天服侍、看守着如云美女却不能与美女爱情，就好比将饿汉绑在酒肉席前的柱子上，只让其闻香不准其解饥。试问，天下还有比这更残酷的折磨吗？因此世上的太监，皆是一个比一个狠毒——既然我不能品尝美色，那你也休想揩油！所以即便不发奖金不涨工资，太监们也依然爱岗敬业乐此不疲。他们值班时绝不打瞌睡，除了皇帝，连只雄蚂蚁都没法溜进宫来。

　　然而，正是在这个壁垒森严的环境里，望君怀孕了！

　　第一个发现望君怀孕的太监好不高兴，立即飞到皇帝跟前报喜。皇帝五十岁了，尚无子嗣。

　　"上天赐福，陛下万岁！"太监跪地，磕头如捣蒜。

　　皇帝一下子坐起来。

　　听了太监的详细禀报，皇帝颇感纳闷，因为他从未听过望君这个名字。也难怪，皇帝在多少芙蓉帐内度过良宵，能记住每个芳名吗？让他记住每一个娘娘的名字，那不等于把屎拉到石缝里——给狗出难题嘛。于是，皇帝让心腹太监去调查，看看望君是哪个月份怀上的。又找出《幸宫日志》，查阅每夜的爱情记录。皇帝的私生活属于国家大事之一,必须详细记载。不查不知道,一查吓一跳——望君所怀之孕,非龙种也!

皇帝诏曰:彻查!

根据大量材料,摸底排查后初步判断,让望君怀孕的人,一定是在去年入宫的那批太监中。去年精心选拔了九十九名太监入宫。为何九十九呢?含有"铁打的江山天长地久"的意思。

将九十九名太监悉数唤出,站了一长溜。皇帝亲自审问,因为他想了个绝招。皇帝让太监们报数。

"一!二!三!四!……"

大家知道,太监是那种不男不女的人,其说话声也是不男不女,如鼠如鸭,无鼻音,尖溜溜,听上去很不舒服,好像虱子跑上身来开运动会。

"八十六!八十七!八十八!——"

"停!"皇帝喊道,声音有点激动。

为何要在第八十八位太监报数时叫停呢?因为这个太监的声音特别响亮,特别雄壮有力。总之,是那种比正常男人还正常男人的声音。这太监为何喊得如此来劲呢?因为他是第二次见皇上,激动得够呛,在"一生里最幸福的时刻",忘乎所以了。加上他误以为皇上要选拔人才,或者要赏赐大家,于是奋力一呼,目的是现场里出乎其类拔乎其萃,以引起皇帝的特别注意。

皇帝果然注意了他。皇帝把他招到跟前,让他转身三百六十度,以便看个清楚。这太监胖胖的,细皮嫩肉的,两只眼睛很有几分灵气。皇帝一笑，指着他对身边的太监头儿说："肯定是他！"说毕，皇帝老儿手一背，走了。

太监头儿心领神会，把那胖太监带入禁闭室，令其脱光衣服——天哪，身上啥也不缺！这正如没职称的人见了有职称的人，气不打一处来，大小太监们齐发一声喊，扳倒胖太监，照屁股四十大板！打毕才问他干没干风流事。他不招，又是四十大板。

胖太监只得招了。

其实这胖太监并非太监，而是一个剧作家，优伶班头。因皇帝爱看戏，宫里总有几个戏班子轮流演出。一个班子看腻了，就轰出去，唤另一个班子进来。剧作家是个风流情种，觉得宫里好吃好喝又好玩，红粉绿裙舞而蝶之，灵感大发，编了好几出折子戏，博得龙颜大悦。于是他壮起胆子，想赖在宫里。但是皇帝要换班子看新戏，他又不得不出宫。他眉头一皱，假扮了太监，藏匿下来。巧的是事发那天，他刚与望君偷欢事毕，精神得很，就站到队里大声报数。

再说望君。望君立即知道了心上人的遭遇，当场哭晕过去。醒来一想，哭也无用，想法子救人要紧。就拿出平日里积蓄的银两，一路疏通关节，去了禁闭室探监。

但不让她进去，有话窗外说。

望君深情地说了些宽心安慰的话，要心上人耐心等待，等待皇上开恩，赦其无罪，然后双双逃离深宫，奔向遥远的地方，去过那男耕女织的田园生活。

女人就这么天真。她也不想想，给皇帝戴绿帽子，能有好结果？别说皇帝，就是贩夫走卒，你给他戴个绿帽子试试！

望君在铁窗外絮叨了半天，里面始终没有搭腔。

望君继续哭着表白，里面这才传出一声拖腔：

"晚了呀我的小奴家，来不及了哟，哟嚅嚅……"

"哟嚅嚅"分明是那种娘娘腔——身上某个玩意儿被切去后的呻吟声。

麦　语

一只小飞虫误入蛛网,由此失去了自由。所谓的信息社会,所谓的网络世界,其险恶用心是让人互为蛛网,结果也跟小飞虫一样。这时,偶尔一下的清净与孤独,反倒成了盛大的节日。

我每周都要过一次"盛大的节日"。我悠闲地踏车郊外,独自走进一片广阔的麦田,犹如走进绿云怀抱。

曾给朋友帮过一次忙,朋友便开着车来邀我下馆子。我不喜欢酒店,尤其讨厌包间——那种主要用于权钱交易的场所。再说近来,我已向我的朋友们发起一场初具规模、即将声势浩大的"护胃运动"。这个运动的主题是"吃素点,吃简单点"。

朋友只好按我的标准,请我吃了碗砂锅米线。他很是过意不去,又要请我洗脚按摩。我说我又不是军阀，何况我的洗脚问题由我老婆包了，而且免费。朋友便说，那就游个泳吧。我说我的身体欠性感，会引起女士们的悲观失望情绪，不利于社会稳定。

"你这人真难侍候！"朋友躁了，"幸好你不是达官显宦，否则，人民群众想求你办个事，不知要费多大的脑子！"我笑了，说我最喜欢的是到郊外转上一圈。"那还不简单！"于是就驱车郊外，在麦苗青青的地畔，痛快淋漓地撒了一泡尿，仿佛回到遥远的顽童年代。

其实我最喜爱的当然还是山水，只是路远，没有私家车的我，去看山水很不方便，只好求其次而看麦田。麦黄季节，气温高，最好挑个雨后，天上还寄存些薄云的时辰去看麦田，是最好不过的。

那年五月的一个良辰，我去看了一回麦田，享受了一刻孤独的幸福。我冲着麦田大声说话，说些平常不敢说、不能说、不好意思说的话。这些话表明，我是一个缺乏教养的，道德也不怎么高尚的人。可是麦田理解我。当我说到激动处，一阵风刮来，麦田如金色绸缎般，一浪一浪地，从远处奔涌而来，又从近处起伏远去，一幅"女为悦己者容"的动感画面，令人心荡神驰。

"瞧你都说了些什么话！"我的肩膀被人一拍。回过头来，见是个头发半白的长者，似乎面熟。"你也是个当领导的？"他问我。哦，想起来了，这是位退休干部，过去在电视里看到过。在任时就是开会讲话，退下来就等于不能开会讲话，日久便会出问题，小恙也会酿成大病。而我眼前的这位长者却很智慧，每天都要小跑到郊外，讲一回话，给麦子们开一个"重要的会议"，顿时觉得骥虽垂老，而千里之志犹在。

我告诉他，我并非领导，但我同样有讲话的欲望。

"但你刚才讲的那些，"长者慈爱地教导我说，"什么乱七八糟的呀，年轻人，以后要加强学习！"

于是长者双手叉腰，一副伟人模仿秀的样子，冲着麦田，发表了一篇演讲（此处略去八百五十字）。所讲内容，对于曾经办过报纸、擅写社论的我来说，一点也不新鲜，全都是陈词滥调。然而我们毕竟是礼仪之邦，尊老又是传统美德，所以我也就给长者热烈地鼓了几巴掌。我还希望，麦田也生恻隐之心，再来一次"金波起伏"。

可是，麦田如霜打了似的，毫无动静。这太让人悲哀了。

啤酒瓶

汽车离开干燥缺水、奇热难耐的关中平原进入秦岭山谷,立刻满目绿意,两耳响泉。凉爽的风把头发吹得纷纷扬扬如同急流中的水草,于是心情立马好将起来。其实真正的心情好就是心情好,那种啥也不去想的好,最好。

汽车在一个山嘴下的简易平房前停了下来。主人用个水管子朝房后的石缝里一插,便导引一股喷泉来,免费洗车哩。主人当然不是学雷锋。主人开了一家小卖部,因为免费洗车,司机便乐意停车在此。主人还奖励司机一盒烟。车一停,旅客就买他的东西啦。

整整冲洗了半小时车。小卖部的饮料、锅巴、饼干什么的,几乎销了大半。车缓缓启动时,主人心满意足地挥手送行。我身边一位男子刚喝完啤酒,他瞅准车窗外几丈远的一块石头,奋力扔出啤酒瓶。酒瓶脱离他的手后,他嘴巴圆鼓,保持着伸手投掷的那个姿势,期待那在他看来一定是非常奇妙的酒瓶爆裂声。但是非常遗憾,酒瓶没有砸中目标,而是几乎没听见响声地落在石头边上的草丛里。

很好,我的耳膜免遭一次侵袭。

我身边的这位男子,愤愤然骂了一句脏话。不知是骂酒瓶,还是骂石头,抑或是骂他自个儿靶子不准。"没砸烂,便宜了店家!"我有些好奇,就问他怎么就便宜了店家呢?"店家拾回去,又卖了,白得两角五分钱!"我想了想,温和地对他说:"你想过没有,就算你把瓶子砸烂了,你也得不到一分钱呀。""没错,可是,既然我连一分钱都得不到,干吗白让他得一分钱——不,白让他得两角五分钱呢!何况啤酒瓶是我出了钱的,店家又没给啤酒降价,所以砸了干净。"

我无话可说,也不想说什么,难有的好心情迅速败坏掉。看着窗外流动的好风景,我尽量转移自己的心思,大口大口地吞吐香烟。身边的男子也想吸烟,却无火,就向我借火。我犹豫了一秒钟,还是将烟头递给他。他伸手接烟头时,我发现他戴了一枚金灿灿的戒指,又圆又大,像一疙瘩童粪。他对着了自个儿的香烟,两个指蛋儿捏着我的香烟过滤嘴处,全然不在乎这过滤嘴还要塞进我的嘴巴的。"扔了吧。"我实在不想要这大半截香烟了。他居然没有意识到我的厌恶,只当我烟瘾不大,真就扔了大半截香烟。

爬上秦岭开始下山。森林夹护着宽阔的柏油马路,汽车飞速下滑,发出一种无数只蚕吃桑叶般的沙沙声。鸟鸣逗人,野香撩口,心情又好了起来。

然而,当汽车行驶到一处从花岗岩山腰上开凿出来的路段时,我身边的男子叹一口气,自言自语道:

"要是在这里砸酒瓶,一定能砸烂……"

老天,一个多小时过去了,他还在抱怨那只完好的啤酒瓶!我由不得万分难过起来……很多人都这毛病啊——如果一件东西不能直接给自己带来好处,那就干脆毁了它!

钱粪缘

大周末的下午,书法家艾先生接到一个朋友电话,邀他去搓麻将。艾先生牌技欠佳,输钱不说,还因常常"点炮"招致麻友恼怒。故发誓戒麻。但那天的电话非常急切:"艾公,您是个高尚人,高尚人是助人为乐的人。我们正三缺一,您要是不来,您就等于拿刀子杀我们三个朋友呀!"艾先生只好去。

艾先生没有骑车,而是打出租去的。打出租的理由是:如果输了,输得起钱我还打不起出租吗!如果赢了,算是别人掏钱替咱打出租,不打白不打!打出租不心疼钱的人,均是麻将桌上泡出来的洒脱。

艾先生出门一招手,便有一辆红的飞卧脚边。他折腰进车,竟发现座位上有张百元大钞,很扎眼的。艾先生一惊,眼睛迅速离开钞票,看那前排的司机。司机只顾看路开车。说明司机不知道后座有钱。说明此钱是方才的乘客所遗。艾先生轻挪瘦臀,压住大钞。接着弓起二指,密探臀下,夹取大钞,入了自家裤兜。付钱下车,一切正常。

更好的是,艾先生一夜麻战,公然又赢了一张大钞。艾先生不由感慨:生活真是太有意思了!活着真是太美好了!麻将真是太奇妙了!怎么运气这么好呢?艾先生一想,恍然大悟啦:昨夜有梦啊,梦里自个儿一脚踩进黄粪里啦。自小就听说,这种梦是意外之财的预兆啊。于是艾先生气沉丹田,挥毫写一条幅:"白日金钱梦中粪,铜臭之由来也。"

艾先生没钱。艾先生属于那种仅仅到了春节,才有人请他写对联的书法家。眼下集资盖房,艾先生还差整整一万元。所以艾先生想钱,一如副科长想当科长一般心切。既然一天之内得了两百元,可见还将接着得到两千元、两万元。财门洞开,元宝滚来,什么也挡不住的。

可惜艾先生再也没有梦见黄粪。一时性急,将一张用过的手纸,包好,压入枕下。结果,却梦见吃肯德基。醒后良久,披衣下床,又书一条幅:"钱财乃身外之物,得失不由己,命也。"

辛　奇

　　城市生活的最大好处是不怕跟老婆吵架。吵架后手一背，下馆子。到处都是馆子，等于到处都有老婆。

　　点了一碗油泼面，九元。辣子任意调，大蒜随便剥，心底便有赞歌涌起。抽纸嘴一抹，出门碰见个壮年男子。

　　那男子正看着墙壁上饭菜价目，见我就移目对视，伸出手："先生，能给我九元钱吗？昨天到现在，我没吃过任何东西了。"他斜挎着黑皮包，大概是人造革，外皮磨出许多白点点，像是飞溅的石灰浆。此包没有几十年光阴打磨，不可能如此沧桑。

　　"能给我九块钱吗，先生？"

　　哦，我只被他的皮挎包迷住，竟忽略了他说的什么。可是瞧他的眼神呢，木然，无所谓，犹带几丝傲气,这就与讨吃不配套了。讨吃的眼神应是乞求的、哀怜的嘛。"看你这年龄,我说看你这身体状况,自食其力不成问题呀!"

"你不该这么说话,先生!"他缩回手,"我是问你要钱呢,你想给了给,不给也没关系。我并没有问你要人生道理呀,何况你讲的道理我八岁就懂。"

哟喂,咋说话呢!我拧尻子要走人,眨眼又拧回来,因为我觉得这乞丐的自负颇令人刮目。是啊,讨饭必定有难言之隐,没必要刨根究底。我赶紧摸口袋,却无分文。

"那咱扫码吧。"讨饭者从皮包里取出手机,先让我看他手机里的钱包,果然仅剩三元。手机对码,我说给你扫二十元吧。他说不用不用,一碗油泼面九元刚好,谢谢。补充道:"钱多了不好。"此言从一个乞食者嘴里出来,真叫天大笑话。

"先生,我从你神态看出,"他边装手机边说,"你给我钱并不说明你一年四季都仁慈,你今天因为嫌我衣着脏乱,碍眼,只想赶快打发我走开。"

真想给他一嘴巴子。一想,掏钱找架打的事,傻瓜才干呢。

他进了面馆,我干什么呀?气没消,懒得回家,反正周末无事,就给附近两个棋友打电话。巧得很,俩棋友也正闲着,也正想过棋瘾。老地方见,一个说二十分钟到,一个说四十分钟到。

进了茶馆,点了一壶红茶,要来象棋。棋子刚摆好,甲棋友来了,屁股一蹲,嚷嚷道:

"我心情好得很——当头炮!"

原来,他昨天替外甥上初中摇号,摇中了。"中号率只有百分之二十,意味着什么?意味着替我小妹省了三万元!"

"难怪你满脸的人民币气色——跳马!"

"我刚才途中碰到一个怪人,"他说,"一个讨饭的问我要十八块钱,说晚饭想吃羊肉泡。十八元是普通泡馍,我身上零钱刚好摸出二十二元,就送他吃个优质泡馍吧——""挎个烂皮包吗?"我插话。"是呀!但他坚持只接十八元,这我就不爽了,我摇号省了三万元,正想有人分享好运呢,那家伙居然扫人兴——说好,今天我买单!"

一盘结束,我输了。第二盘走了五步,乙棋友来了,戴着口罩。笑他贪生怕死,他说不戴口罩地铁呀公交呀不准上嘛。

"我刚才输了,老规矩,你来。"

乙棋友取下口罩说不急,咕嘟一杯茶进了肚子。"我给你俩说说刚才碰见个奇事,"他说,"今夏雨水多烦人是吧?今儿放晴,太乙池周围全是人转悠着晒太阳,突然发现一个美女拿着话筒,一根线连着一个小伙扛的机子,快步追赶一个挎包男——"

"斜挎个黑皮包?"

"呀嘿,你俩咋知道?我想可能是个逃犯,转身看后面是否跟着警车,因为电视台如今不景气,经常求警方提供线索、追拍现场,吸引观众呢!后面没警车,我快步跟将上去,因为那女主持两条长腿太迷人了!不要笑好色,不由自主嘛,是不是证明我很健康?"

"少啰唆,赶紧讲!"

"那个黑皮包实在太陈旧了,你们见过乡下杀猪吗?猪一杀,气吹圆，几桶开水烫过去，杀猪匠拿个麻子石嘣嘣嘣地煺猪毛。那男子的黑皮包就像是毛没煺干净的猪肚皮。"

"别闲扯！"乙棋友是讲师团的，滔滔不绝拖时间混讲课费是其长项。不如浓缩他的目击口述——

那位讨饭者姓辛名奇，是个大老板。疫情期间，辛总先后三次捐赠物资，合计价值三百五十万，却始终不接受媒体采访。但是他讨饭的事却被记者偶然发现，就跟踪上了。

"你们实在要听我讨饭的原因吗？好吧，我八岁时父母双亡，只好走村串乡讨着吃。吃过千家饭，看了万人脸，天气看天色，人脸看人心。就想着摆个卦摊也不愁吃喝了，可是谁会让一个少年算卦啊……后来嘛，由个体户起步，慢慢成了所谓企业家……当然摊子小，压根儿不能跟富豪比……反正我好赖算个有钱人吧，却发觉凡接触我的人，眼神多半是可怜兮兮的乞讨样，真让我受不了……我过去仅知道钱的好处，有钱后才明白钱的坏处更大！说老实话，依我看，花钱实在是比赚钱更难哩，还不如小时候讨饭快乐。于是每月选一天，穿上这身几十年没洗过的旧衣服，背上烂挎包，分文不带讨一天饭，等于回到了简简单单的童年——回到公司冲个澡，换上人模狗样的西装，办公室大套间一坐，马上知道钱该怎么花了，花到哪里能让我快乐了！"

洗衣石

门前的小河里,有两块很大的洗衣石。据说很久以前,一个穷家的后生跟一个财主的女儿死爱住不丢手。财主当然不答应,就想个法子来刁难。财主对小伙说,你要能把山根下那块石头背到河里,我就把女儿嫁给你。小伙一气吃了二十个蒸馍,竟呼一声背起石头。他将石头甩进河里,仰身大笑,笑这爱情真的到了手。没料想这一笑,笑得实在有些过量,竟幸福地笑死了。姑娘悲愤不已,发誓一辈子不嫁人。她不分春夏秋冬,天天来到大石头上洗衣裳。黑衣裳洗白了,新衣裳洗烂了,把那大石头也洗得跟秋夜的月亮一样光润了。落花流水,岁月漫漫,她的满头青丝变白了,再也洗不动衣裳了。在一个无人知晓的夜晚,她搂住那块石头走了,永远地走了。人们死活掰不开她的双手,只好将那块石头一断为二。

如今的那两块石头，相距丈把远，日日夜夜诉说着彼此的相思。后来的姑娘们都喜欢到这两块石头上洗衣裳，洗那种悬浮在她们胸间的如眠似醒的青春意绪。她们依然不能跟她们的青梅竹马结婚，而是按照父母的旨意，嫁到很远很远的山外去。这也难怪父母，地方穷孩子多，要靠女儿的出嫁来换取家小的糊口。身子是父母给的，就还给父母吧，就听凭父母将这鲜嫩的身子抛出家门吧。出嫁远行的头一天，将屋里所有的破衣烂衫抱到河里，伏在青石上闷头洗起来。她们的身子抽条了，上衣缩短了，垂首搓衣，后腰就露出一绺耀眼的肌肤。忽见一个白脸青年涟漪中晃悠，扭头一看，恰是那呆立着的小阿哥。骂一声"你死远些！"，泪珠儿就打进水里，就抓起棒槌狠命地捶那坚硬的洗衣石。直捶得胳膊发麻，流水打战。骂也白骂，到头来还得跟着那又丑又矮的男人去了山外。

几年过去了，她们攒下几个私房钱，拉扯着两三个孩子翻山越岭地扑回娘家。往昔的阿哥也早已结婚成家，也先后捏造了几个儿女。相对只有一句话："日子还好吧？""罢了。"罢了就罢了，就又借着洗衣裳的名义来到河里，在那青石上会面。各人背着各人的孩子，也不搭话，也无话可搭，皆勾首洗衣，任由那一河热水穿过指缝。那些指头曾经修长白嫩，曾经健壮有力，如今又粗又短，甚至炸了裂纹。说不成话实在憋人，就用棒槌的噗咚声来问答。棒槌声一长一短，一轻一重，一快一慢，都明白是什么意思。

日子一天天过去，生活一天天变好。在绵长悠远的捣衣声中，那两块大青石日渐消瘦，看不出沉了，显不出重了。终于在好几年前的一个午后，被一股并不太大的春水冲走了，连滚带爬地去了谁也看不见的天尽头。

打野鸡

在人类当中,女人比男人好看。在禽类当中,雄性比雌性美观。至于牲畜野兽之类,那要提起它们的后腿,否则难以辨认公母。

野鸡属于禽类,所以雄野鸡比雌野鸡漂亮得多。雄野鸡经过人工驯养而为人服务,俗称"野鸡诱子"。服什么务?用野鸡诱子勾引出母野鸡,然后将其枪杀掉,类似人类社会的色情间谍。

玉米苗儿吐出地皮半寸左右,野鸡就跑进地里,扒出玉米种子吃。这么吃下去,庄稼人可受不了。就想了很多办法对付野鸡,扎草人儿穿上衣服啦,给种子拌上农药啦,等等。但是最厉害的一招,是用野鸡诱子捕杀野鸡。

方法是这样的:猎手预先进到山坡下的玉米地里,

当然很寂静，只有微风吹拂、杂花飘香，可是灵敏的野鸡，还是被吓跑了。杀手的猎枪杆上，挑着一个蒲篮大的伪装，是拿树叶编织的一顶特大号草帽。枪口从草帽当中探出去，猎手藏在后面耐心等待。同时，放出野鸡诱子（用很细的线系住脚），让它在玉米地畔载歌载舞，类似某些含有挑逗意味的电视小品。藏在树丛或草窝里的母野鸡，如何受得住这般骚情！母野鸡起先是缩头缩脑地溜出来，然后东张西望一番，发觉还算安全，这才激动不已地冲向野鸡诱子——就在此时，随着"砰"的一声枪响，母野鸡应声倒下，死在了爱情的血路上。

广成叔就是我们那儿这样一个猎手。每年春天，他都要四处转悠着打野鸡。他肩扛一杆"大篷枪"，手提一个诱子笼，腰上缠了一圈死野鸡，死野鸡垂吊着长长的华丽悦目的尾毛。他在谁家地里打中野鸡，谁家还要管他一顿酒饭哩。

豆儿是广成叔的宝贝妞，小我半岁，特别爱和我玩儿。她发恼的时候，就猛地闭上眼睛，半天不睁开，只见那探出眼睑的两排睫毛又黑又浓，像童话国里的花园篱笆。有一次，见她在她家门口冲我招手，我飞跑过去，眼前忽然出现一杆大篷枪，"砰"一声把我打死了……其实是把我从梦中打醒了，我尿了一床。

从此我再也不敢跟豆儿玩了。这是几十年前的旧事。回想起来，我在很小的时候，就对人类使用各种卑劣无耻的手段残杀动物的做法深恶痛绝。

钢琴少女

不管怎么说,生活确实进步了,钢琴进入许多家庭便是一个例证。比如小米居住的那幢楼,至少有五架钢琴,于是小米每天都能听到砸琴声。至于整个大院有多少钢琴,小米就不知道了。反正,有的家庭确实钱多,房子又大得可以养牛。但是养牛没档次,于是就买架钢琴,这才叫高雅。

小米眼下就生活在一个有钢琴而且钢琴永远哑着的家庭。小米是一个少女,一个来自深山里的小保姆。小米不是那种很漂亮的女孩,但是挺好看。如果再长高点,皮肤再白点,那么让她当个电视节目主持人,主持《打工天地》之类的节目,还是绰绰有余的。可惜她没有这种机遇,因此她只能当保姆。

小米干完了所有的家务,采买了所有的东西之后,这才坐下来喝杯水。喝水的时候,她的眼睛一直看着那个黑柜子。黑柜子就是钢琴,上面盖着一块印花布。这种印花布,如今只能在舞台上和电影里看到。小米每天揭开印花布,都同样发现钢琴蒙了一层灰尘。她感叹灰尘真是伟大,无孔不入。灰尘像贫穷的人一样,到处都存在。她总是将钢琴擦得可以照见人影,心想,如果我将来结婚,有这样的嫁妆,那该多好。

她第一次打开琴盖,无意间碰了一下琴键,就响起一小串美妙的声音,仿佛无意间弄醒了一个非常娇气的洋娃娃。恰巧此时,电视里正在播放一个欧美女音乐家的钢琴独奏会。我也是女人,我为什么就不能弹钢琴呢?小米大胆地想象着。

从此,每当服侍好男女主人上班后,小米就开始砸琴。她读过六年书,特别爱上音乐课。但她只见过二胡、笛子,从未见过钢琴这般贵重的西洋乐器。她有着天生的音乐细胞,从这个院子的窗口传进来的每个不同的曲子,她过耳不忘,并能迅速复活到她眼下护理的钢琴上。

好几个月后,这个秘密才被主人知晓。那天中午,她正弹奏着《花儿与少年》,突然,一双手从她的肩后探将下来。那手指上,有一枚大钻戒。那双手很温柔地扣在她的胸前。小米要推掉、拨走那双手,可是那双手反倒越发放肆地揉搓着她的胸脯。小米有些慌乱,惊喜中带着恐惧。她猛地站起来,问男主人:

"你会娶我吗?"

"瞧你……这么认真……玩玩嘛……"

"我没本钱玩!"

当天晚上,小米就走了。她找到一家茶室,在那里弹琴。有许多男性向她献花,她都没动心。最后,她跟一个也是同乡的收破烂的小伙子好上了。小伙子倾其两年积蓄,给小米买了一架"星海"牌钢琴。

哀　石

有一块石头，不大也不小，不圆也不扁，不好看也不难看，很像电影里一个大人物的头颅。它本是史前秦岭山巅的一部分，因了一次地震，它被震裂，从山巅脱落下来，滚进峡谷。那时的它，身躯庞大，有棱有角，但是经了峡谷流水的日夜冲刷，它慢慢变圆了，变滑了，也自然变小了。每值河水暴涨，它就被掀滚一次。几百年过去了，甚至成千上万年过去了，它终于被冲出秦岭峡谷，来到开阔的平原河滩上，成为鹅卵石家族中的一员，静静地躺在那儿，一躺就又是几百年几千年。

直到民国三十六年，即公元1947年，这块石头才有了用场。彼时，我那年轻的外公出山担盐，返回时被路匪抢走一袋盐巴，盐担子没法挑了。我外公想了一个当时看上去颇聪明、事后想起来很蠢笨的办法——给盐挑上吊一块石头来保持扁担的平衡。他在河滩上找了一块石头,重量与那袋盐巴相当。这就是前面所记的那块石头。就这样,我外公挑着扁担,一头是盐,一头是石头,摇摇摆摆地进山了。他上到秦岭山顶,坐下来歇息,禁不住笑了。他笑自个儿太傻,鼓了那么大闲劲将一块毫无用处的石头担上山顶,挑担不平衡了干吗不挂着扁担把盐袋背上呢?于是他解下石头,将石头放在山垭上。

几天后,我外公再次路过这里时,发现那块石头周围有许多烟蒂、痰迹。这说明过往的人都不由自主地坐过石头,坐在石头上欣赏几眼博大苍翠的群山气象。"这块石头与我有缘咧。"我外公感慨地想着。正当他要上去坐一坐时,一阵乱枪响了起来。他一惊,立刻躲进树林里。他知道,近来这一带经常打仗,两支队伍追来杀去,目的都一样,都想将对方永远灭绝。

树林里的我外公看见,几个头破血流的士兵爬上来,立刻匍匐在地,往山下射击。一个士兵挪了挪那块石头,将枪架上去。但是眨眼间,这个士兵被一枪撂翻,那块石头也挨了好几粒子弹,叭叭地直冒白烟。几个士兵一看寡不敌众,就嚷嚷着撤逃。逃的时候,一个左眼蒙着纱布的士兵,飞起一脚,将那块石头踢下山去。石头下滚的声音由大到小,若干年后我外公的耳畔还滚响着那种由大到小的声音。

那个士兵为什么要踢石头呢?外公每次给我讲述此事时,都要这样发问。按他老人家分析,士兵踢石头的动机有三:一是不让爬上来的敌人用它架枪，二是不让敌人坐它，三是那个士兵纯粹拿石头发泄仇恨。无论哪一种动机，都证明了战争的非人道——把灾难和不利甩给敌方，直到敌方被彻底消灭。

至于那块石头，我外公再也不提了，好像他的大脑只愿记载那个平庸的"战斗故事"。但是，我却对那块石头耿耿于怀。我不知道那块石头的下落，更无法判断它是否被摔碎了。我认为那块石头是有生命的，正如宇宙间的一切东西都有生命、都有灵性一样。那块石头有着极其漫长的年龄，数万年，甚至数亿年。然而这漫长的岁月于它来说，是孤寂的，是毫无意义的，是绝对的废物。它存在着，事实上等于虚无着，因为它从未给它的周围带来丝毫的影响。通俗地说，它既没干好事，也没干坏事——哪怕是极其微小的好事或坏事。只是到了公元1947年，它才有了几天存在的意义。先是帮一位盐贩的扁担保持平衡并伴其走完一段有限的路程；再是充当了几天凳子，供一些旅人坐压过，使他们的臭屁股获得短暂的舒服。仅此而已！

对于这块石头，我不知道应该羡慕它还是怜悯它。但有一点我很清楚，那就是，这块石头毕竟辉煌过，毕竟被人注意过，所以也终归算是一块幸运的石头，因为它碰见了慧眼识才的伯乐式的人物——我亲爱的外公。而天底下亿万颗石头，却连这么一丁点儿可怜的机遇也永恒地不曾有过！

门　锁

秀兰，你听这名字，实在俗不可耐毫无文化，彻头彻尾的乡巴佬！介绍人催了五次，他才跟她见面。一见面当即冒出一身冷汗：天哪，这么漂亮！漂亮实在是种可怕的东西，实在想象不出她要冒多大的风险才长到如今要谈恋爱的二十五岁。他很怯场，所以出汗。估计她的历史不太干净。

接触了好几次他就郑重宣布，他极其爱她非她不娶。"我还不成熟，我们。"秀兰这话很让他费解。瞧她身上该凸的已经凸得够可以了，估摸她的话是指思想或心理。"你虽然穷点，但人挺老实的。"秀兰又说。他当即出其不意地吻了她，她就嚷嚷你一点不老实，坏坏坏。他就是要她明白，老实归老实，老实不等于蠢笨。

三八妇女节那天,他用精致的小盒子装上礼物送给她。他说你猜是什么东西?她就猜开了。项链?不是的。戒指?不是的?金表?不是的。她实在猜不出来就当面打开盒子。盒中是一把黄灿灿的钥匙,像金子,但不是金子。"我门上的,我请求你随便进入我的房间。"她起初不屑一顾,待有所悟,温柔一笑。

然而,这把钥匙她从没有机会使用,因为每想起他时,他就心有灵犀地出现在面前。五四青年节那天,他就美滋滋地想着国庆节可以结婚了。

国庆节果然结了婚。但是,由于其间发生了某种三言两语说不清的意外,她的丈夫并不是他,而是一个相当阔绰的男子。婚礼那天,野山酒家门前落了一地二寸厚的鞭炮屑,据闻仅此一项就开支了两千多元。

然而她并没有将钥匙归还他。也许她早忘了,早扔了。

一次在街上碰到她,也没说起此事。他本想避之而去,可她堵住他,一脸的无限歉意。"请原谅……唉,人不该太成熟了……"他什么也说不出,只觉得喉咙卡了枚臭鸡蛋。

他难过了一段时间也就算了。每当他想起爱情时,他就上厕所。随便拉点什么,撒点什么,心里就轻松了。可以不奢望爱情,但婚还是要结的。

他毕竟是大学毕业生,一个媒人倒下去,又一个媒人冒出来。但是再也没有比秀兰更好的女子了,无论长相还是神情举止。如今他并不在乎这个,他只考虑婚姻问题。当他觉得能够不违心地说"可以"二字时,他就将钥匙交给对方。他也不配钥匙,而是重新买把锁。他也不拆旧锁,而是将新锁安装在旧锁的上边,或者下边。

六年过去了,他还是单身汉。只是门上多了一溜锁子。一共七把,以及拴在裤带上的八把钥匙。远远地望去,那门上的锁子活像是巨人的上衣纽扣。他七次恋爱都失败了,尽管她们一个不如一个,但她们还是依次弃他而去。只有一个叫白月的姑娘是被他抛弃的,也只有这个姑娘将钥匙还给了他。所以,他的门上有七把锁,身上有八把钥匙。

当出远门的时候,他就将这七把锁同时锁上。回来开门时,需要请至少两个人帮忙。检查治安的警察提醒单位的领导:"这样就能保护贵重的东西?得用一级保险柜!"

在平常的日子里,他每天使用一把锁。不使用的就扳下锁背的小铜帽儿,让它们休息去。他使用哪把锁,就回想哪次恋爱。每天的回忆都不一样,每天的回忆都是新鲜的。一个星期七天,回味七种爱情。他起初觉得七次恋爱有点雷同,不觉扫兴了。但他想起哲学家的话,"世上没有绝对相同的两只乌龟"。于是,他就尽量分离出七次恋爱的异处来。这一大脑活动使他获得了极大的乐趣。

他唯一难过的是,恋爱了七次还没有尝过真的味道。失败的根源也许正在这里——不合新潮流大趋势嘛!"在人人开放的当代,三十二岁的我还是个童男子,"他自尊自爱地想,"人才难得啊!"

不知过了多少个七天多少个星期,那天又轮到使用第一把钥匙了，也就是门上原来固有的那把锁，也就是给了秀兰一把钥匙的那把锁。

那天晚上，他在一位朋友家里看限制级电影录像，看着看着忽然产生一个预感，就起身告辞了。朋友大惑不解，看这种片子中途竟然退场，真是见所未见！

他回到家门口刚刚掏出钥匙，就听屋里有个孩子说：

"妈，我尿呀！"

他一开门，发现屋子中间蹲着一个男孩在撒尿。一个女人坐在沙发上。

女人看了他一眼，就立刻垂下脑袋，再也不看他了。他发现她的眼睛有点红肿。她的脸像是白玉——刚从污池里捞出来的白玉。

"秀——"他没喊出第二个字，就茫然地落座凳子上。

男孩三四岁的模样，撒了尿又闹着要泡泡糖。他很尴尬，单身男人的房间实在找不出可以哄孩子的东西来。

谁也没有说话，五六分钟的光阴是在孩子的吵闹声中熬过的。

"请原谅，我现在才给你还钥匙。"她从兜里掏出钥匙，钥匙上系着一个小小的红球，红丝绒缠绕的小球。"我以为钥匙丢了呢，原来老母亲保管着。"她补充道。

孩子就闹着要夺小红球。母亲就是不放手。但她也并没有将钥匙交给她该交给的人。

"你留着吧。"话一出口，他有点异样，有点后悔。

果然，她将钥匙重新装回兜里，拉着孩子走了。

第二天,他打听到,秀兰一年半前就离婚了。离婚三个月后,她丈夫就结了婚。两个月前,她丈夫又离了婚。她带着孩子,一直跟她的老母亲一起生活。

每当夜晚来临,他就想起那张白玉一般的脸,他就使用第一把锁,幻想着金色的钥匙插入锁孔的无可比拟的美妙声响。可是一到白天,他就使用六把锁中的任意一把。

他被提升为副科长,搬到新房子去了。在搬走时,他从保管员那儿领了一把新锁,将秀兰可以打开的那把锁换了。然后,咔嚓一响,七把铁将军同声锁上。

他当了官,有了好房子,于是又冒出新的媒人来。但他总也不来兴致。他每天都要绕个圈子去看看他曾经住过的老房子。他甚至后悔不该换了那把锁。

一次,他发现老房子门上插了一把钥匙,钥匙上缀着一颗耀眼的小红球。自此,他每天都发现这把钥匙和钥匙上的小红球。一天又一天,钥匙连同小红球从最上一个锁孔移到最下一个锁孔,然后再从下往上移。

这肯定是秀兰插的。他想道。

为了验证自己的猜想,他打算用一整天工夫来观察,偷着观察。于是,他和启明星同时起床,然后躲在隐蔽处。

门房老头起来打开铁门后,伸着懒腰又回去睡了。只见一位矮小的老妇人像影子一样无声无息地移进院子。她走到他的老房子门前,踮起脚,颤抖着拔出钥匙,似乎还吹了一下钥匙和小红球上的灰尘，这才将钥匙插进另一个锁孔，插进去后好像还拧了几下。她的动作非常艰难，像是一片落叶企图站立起来……

这位老妇人就是秀兰的老母亲，守寡已经整整三十年了。

我忽然感到一阵异样,真正意义上的孤独,和可怕,和灭顶之灾的气味。我急忙站起来,冲着来路,冲着那蛛丝一样消失了的口哨声,没命地跑起来……

——《看人》

双喜临门

最让你左右为难、担惊受怕的电话，是向你借钱的电话。钱是个非常可爱的东西，比独生子女还宝贝。可偏偏有人向你借，借你钱的人又多半是你的朋友。钱借了去，往往还不回来，朋友也至死见不上面。这样的例子还少吗？这不等于你花钱"杀"了一个朋友吗！

半年前，我就接到一个朋友向我借钱的电话，而且钱的数目在我眼里是很不小的一笔。朋友是要买房子才借钱的。我在电话里支支吾吾地说，当下不行，得过几天才能凑齐。朋友大概摸住了我的心思，说道：

"买房的人有几个不借钱？你将来买房我再借给你么。"

话说到这份儿上，已无退路可言。我索性当天就凑够了他要借的钱数，打电话让他来取走。

以我的见闻和切身经验,一般说来,把钱借到手的人,首先就关了手机,给他家里打电话他也不再亲自接。总之,你再也找不见他了。此等行为实在比强盗还可憎,因为强盗抢你的钱,那是人家的专业,你愤怒一阵子之后,也就想开了,不再生气了。朋友借你钱则不同,因为原则上他是要还的,你就自始至终生活在一个希望里,像观赏一部悬念迭起的侦探剧,心思被紧紧地纠缠着。简言之,朋友借走你的钱,往往置友情将遭颠覆于不顾,反倒把你当成了强盗,生怕跟你照上面。

但我的朋友却不是这类人,他非常理解借钱给人的人的心思。所以过去一个月后,每逢周一上班,他就打来电话,一是表示感谢,二是通报他已积攒的还钱数目。他每个周一都要重复这同样的一个电话内容,于是弄得我很难为情了,越发觉得自己是个小人了。因而,当他再次打来电话,我就臊了:

"不就是几个臭钱嘛,你要是再这么小瞧我,我就不要这钱了!"

"你企图让我不够朋友?休想!"

半年后,朋友一家三口,护送着一大信封钱来还我。所以我决定请他们吃饭。

"怎么让你请客呢?我都没付你利息,当然应该由我们请客。"

"你请客的理由没有我充分。"

"说出来听听。"

"你想想看,现在的人都不讲信誉。因为没有信誉,所以,对于借钱和被借钱的双方来说，都是一件又作难又风险的事。你借的钱，说什么时候还就什么时候还，一天都不拖延。你这样的人，如今实在是太少太少了！"

"瞧你说得，你帮了我的大忙，我反倒还比你高尚，不通情理嘛。"

"太通情理了！我的钱，今天一分不少地回到我身上。更重要的是，我交往了多年的朋友，今天也平平安安地回到我身边，金钱丝毫没有伤害友谊，反而加固了友谊。总之，今天对我来说，是双喜临门，我不请客谁请客?!"

"你这么一说，还真有点道理。"朋友（一家三口）露出美好的笑容，扭头对侍立身边的服务员说："小姐，上个甲鱼！"

颂　歌

我平生最遗憾的是儿子出生时我没有在现场帮忙。由于当年实行计划生育政策，我的遗憾就注定成为终生遗憾了。这都怪我的儿子天生性急，在他老子回乡下接他祖母时，他公然提前十天问世了！所以后来，每次发生家庭矛盾，无论怪谁，结局总是我投降。"你为什么不心疼我，老欺负我？就因为我生孩子你没在身边！凡是亲眼见了老婆生娃的男人，都一律娇宠老婆！那天我给你生娃时，另一个女人也生娃，哭着喊着蹦跶着，她男人干瞪眼帮不上忙，就抱了头在地上打滚，说：'我以后再也不打你了！一辈子都不打你了！'……你还笑？你不相信？你有本事去活动个二胎指标，我再给你生个娃你看看！"

多年来，我一直瞅机会要补上"看生孩子"这一课，但始终未能如愿，盖因所有的女人生孩子均不通知我，我也不便强行参观。老话说，谋事在人成事在天。上周回家，一位亲戚刚在医院做了剖宫产，妻子包了饺子，装进保温饭盒，要我送去。我送去时，恰巧看见一位产妇正处在火山爆发之际，而司空见惯的护士却说，还早着哩乱喊叫啥哩。

那对夫妇是郊区农民，女的高大，男的矮小。女的在床上闹腾，男的呆坐床边，两手搭膝，像鹅一样伸长脖子，小脑袋随着妻子的翻挪扭弹而摇晃，像雷达追踪着天上乱转的飞机。

"……我的妈呀我不活啦！妈妈爷呀……该死的你也不帮帮我……你看你这瓜俅闷种……（一爪子挖向男人，男人脸上就有了四条血印）……我嫁给你真是倒了八辈子霉……我的菩萨哟！你娶我才花了五百块钱……我就恁不值钱……我好命苦呀……哎哟哟我的老天，要我的小命呀……我说不敢弄不敢弄……你个癞皮狗说不咋的不咋的……你狗日的给我买了个戒指，我拿到县银行鉴定，才值五块钱！……你看你这瓷货，连公鸡都不如……哟嗨嗨……母鸡下蛋公鸡还围着转圈圈呢……（男人伸手擦女人额上的汗珠儿，汗未擦着，手背却被女人咬了一口）……我死呀我撑不住了……这生娃又不是生他爷，又不是生大干部，咋恁难受呀……"

男人只说了一句话：

"我求你忍一忍吧！你嫁我嫁错了，可你不管跟谁个结婚，都免不了这一场啊！"

……

半小时后,孩子出生了。可怜的丈夫将妻子从产房里抱出来(新生儿被隔离在婴儿室里),像抱了一丝软软的垂柳。妻子的双手无力而又坚固地套着丈夫的脖子,十根指头因失血过多而白得像十根象牙筷子……丈夫轻轻地将妻子平放床上,如轻放一件名贵易碎的瓷器。然后,丈夫依然轻轻地给妻子盖上被子,新生的小人儿业已掏空了母亲的身子,一床被子至少能盖严五个刚分娩的母亲,我们所有人的母亲!

女人对男人说:"你靠近我!"男人的头就抵过去。女人说:"你脸上咋有血印?谁挖的?……是我呀!我真是个混账婆娘,你能原谅我吗?"

男人号啕大哭起来。女人说:"该哭你不哭,这阵子谁又请你哭了?"边说边用"象牙筷子"无比温柔地抚摸着男人的脖子、耳朵,揩拭男人的泪水……

事实上我也哭了。

回家的路上,我泪流不止,感慨万千。我是一个平庸的男人,却如此幸运——没有亲历生死搏斗、悲壮绚丽的伟大场面,身上没受一点伤,就轻而易举地当了父亲!

不坐电视台的下场

过去电视台极少，上一回电视那可不得了，左邻右舍争相传颂，仿佛你官升三级了似的。如今发展了，连很小的城市都有了电视台。电视台一多，意味着普通人上电视的概率大为增加了。比如像我这号不三不四的人，多年前就被请到电视台风光了几回。后来一想，咱又不是"吃脸饭"的，上的哪门子电视！于是咋说也不想坐电视台了。

可是某年岁尾，一家电视台三番五次邀我去做一个谈话节目，我琢磨如何才能推辞躲闪掉。所谓谈话，也就是瞎扯淡，原本也算我的强项。不过以往的经验告诉我，电视台自享特权，你自认说得很有意思的话，他们多半给你剪掉，留下来的内容，全是些老生常谈屁新意没有，而且前言不搭后语的车轱辘话，实在有辱"吃笔饭"的形象。

然而这回电视台的人很认真，几乎每天一个电话打到我办公室，照例先把我吹捧一番，说我的文章是如何如何有意思，观众一定想见见庐山真面目。我可不是杂技团的小演员，一受表扬就拿起大顶来。我假装受宠若惊的样子，说那好，下星期吧。实际上我采用了拖延术，因为到了下星期，我又说这星期没空，下星期吧。

大约拖了俩月，想来他们把我忘了，那就再好不过。结果不是，他们依旧咬住我不放。我只好再次说，下星期怎么样？"说定了，"电视台说，"这可是最后一个'下星期'！"事实上到了下星期约定的那一天，我老早关了手机，也不去办公室，让他们没法找见我。我知道如此失信不是君子，但我确实不想上电视。幸好他们不知道我家里电话。

然而家里电话还是响了！一接，是我的老同学，说电视台的节目制作人是他的朋友，要我务必帮这个忙，"你牛逼得没有道理呀！人家都是一接到邀请，就屁颠屁颠地上门做节目呢，我的朋友反倒亲自上你门宣传你，你难道不明白这是一种待遇吗？不说了，我现在通知他们马上来你家！"事情弄到这份儿上，我也只能缴械投降。可是一看表，上午十点整。就是说，电视台的人来录完像后，正值午饭时间，我想不出不请他们下馆子的理由。我虽不十分吝啬，但在干完我不感兴趣的事之后，又让我破费钱财，我深恶痛绝！

于是我抓起电话，拨通我的老同学，杜撰了一个无可置疑的谎言。一句话，要我的老同学迅速转告电视台的人，请他们下午来！

"我已通知了,没准儿人家正在去你家路上呢。"

"那就再通知一次!"

下午一点半,由我的老同学领路,电视台的四个彪形大汉扛着机子、拎着三脚架来到我家,看上去如同一帮防暴警察。我乐了,多亏我有先见之明,否则下馆子请吃,一顿饭稍上点档次,还不得突破三百元!但见他们转了我的所有房间,最后选了客厅当作录像场地。插上电源,打开强光灯,要我坐在花盆中间的椅子上,说这样拍画面好看。在我要回答问题时,我的老同学忽然叫暂停,脱下他的羊绒衫,换掉我身上又旧又暗的毛背心。

电视台的四个人位置如下:一人掌镜,当然站着;老同学也站着,以便随时服务;另三个壮汉全坐沙发上,其中一个是主持人(怎么不来漂亮的女主持,而是五大三粗的汉子,我至今搞不明白)。似乎是我的某句话逗得主持人兴奋得笑了,他满意地站立起来。当我说完一段话,主持人大喊一声"太精彩了!",猛地一坐,只听"咔嚓"一声,我的沙发坍塌了……

当时的尴尬不说也罢。总归一句话,为了节约三百元的一顿饭钱,我的价值千元的沙发被废了。因种种原因,沙发至今未能修好,一任它空占地方没法使用。为此,老婆每次收拾客厅时都要臭骂我一顿,因为沙发是她用半年的奖金买来的。

墙　钉

白月，名字真好，只是似乎不配她来享用。不过看她的长相，倒也不那么难受的。尤其看背面，身段不错，挺挺的，壮壮实实，臀部也大。据说臀部大的女人生孩子顺溜，不会受大苦头的。这就好，很实惠。

他心里很踏实，觉得路子端正，有发展前途。有些女子一接触，让人恨不得把她一口吞下去，可时间一长，美好的感觉越来越薄。而另一类女子，虽说看起来一般，却越接触越有味道，越谈越不想撒手。他希望跟白月的恋爱是后一种情况。

算啦，就跟白月过一辈子吧，他暗自掂量着。都三十一岁的人了，小半辈子过去啦，没本钱挑挑拣拣喽。

他将一把新钥匙交给白月，说："请来我的世界吧！"这是第七把钥匙。每谈一次恋爱他就在门上装一把新锁。谈了六次失败了六次。六个女子带着他送给她们的六把钥匙永远消失了，就像你无论喝多少饮料最终还是变成尿液排出去一样。

他希望第七次恋爱成功，再不成功门上就没地方安装新锁了。当他指着门上的七把锁给白月讲述它们的来历时，白月的脸上就有了一种惊讶，一种责任重大的神情。他的坦诚博得了她的好感。

她有了钥匙后，来过一回。他回来时发现，屋里收拾得干干净净，书架上的书籍也按高低个子重新排码了，显得素洁而高雅。嗯，贤妻良母型的。他很满意地躺床上，脚上的拇指愉快地摇动着。独自高兴了一阵子后，就去找她。

她的房间里有个男子。

他马上感到不舒服，根本没听见她大声为彼此做的介绍。那男子戴了一副金边眼镜，上唇留着胡子，下巴剃得乌青，讲起话来大喉结滚得极欢，一句一个他妈的，两句唾一口痰。

他一句话也搭不上，也不想搭上，只是呆呆地看着那男子。那男子感到很寡，就站起来说："你们聊吧，我爸他妈的还在住院咧。"说着，取下墙上的风衣，故作绅士地将风衣搭在腕上，走了。

停了一会儿，他觉得说什么都别扭，也就走了。

这是去年秋天的事。他每次去她那儿，都能见到那个男子，仿佛两个陌生人同乘一辆车似的。不是人家早在那儿海阔天空地胡扯时他才去，就是他去了没几分钟那男子就来了。这搞得他心里已经没有了白月，而只有那个戴眼镜的男子了。甚至两个男子在白月的房间里相见,脸上都有一种老友重逢无比亲切的味道。"嗬,你今天来得真早!""哟,你咋才来?"可是在大街上,即使两人鼻子碰着鼻子,也还是谁也不认识谁,谁也不愿多看谁一眼。至于白月嘛,她有时候很尴尬,有时候很开心,有时候则力不从心。时间一长,她竟然无所谓了,嘎嘎说笑,混混沌沌。

他发现那个男子有个特点,无论刮风下雨还是天朗气清,总是穿着那件自我感觉良好的米黄色风衣。进了门就脱下来,很自如很风度地将它挂墙上,就像演员登场前要做一些看起来无关紧要事实上非常重要的动作一样,就像运动员比赛前习惯于伸伸胳膊蹬蹬腿一样。

挂风衣的钉子在门背后的墙上。他恼恨自己太粗心,过去怎么就没发现那儿有颗钉子?

钉子,对,这是一颗钉子。

他也想买一件风衣。但是这个月被硬性扣掉了五十元国库券,只剩伙食费了。他只好拿出仅有的三百元存折。这是五年的积蓄,再积蓄两年就可以给老父亲买口棺材了。乡下的老父亲已七十有一,每时每刻都可能两腿一蹬驾鹤西去。他是父亲的小儿子,也是唯一吃官饷的。所以大前年春节时,弟兄们就在吃团年饭的桌上分了工:棺材钱由小儿子出。

他咬了咬牙,从存折上剜下一疙瘩,买了件风衣,咖啡色风衣。

当他穿着崭新的风衣去了白月那儿时,墙上的钉子已被米黄色风衣占领了。他急中生智,干脆将风衣撂在白月床上。床,这是何等宝贵的位置,墙上的臭钉子敢比吗?戴眼镜的男子当下就有了失宠的样子……

有一回,他去得早,自然就占了墙钉。不久那男子也来了,还是那么洒脱地往墙上挂风衣。但是,当他发觉钉子已被人占了时,他愣了一下,就将自个儿的米黄色风衣挂在咖啡色风衣的上面。

他压我呢,咖啡色风衣感到无名的愤慨。

不过,他照常跟那男子谈笑风生,一直坚持到最后离开。在取风衣时,他使了一把暗劲,将钉子包在风衣领里拽了下来。白月丝毫没有发觉。

走到街上,他扔了钉子,又一脚踢进下水道。

第二天晚饭后,他从儿童商场挑选了一只憨态可掬的小熊玩具,送去给了白月。他这回没有穿风衣。白月对他送来的礼物十分喜欢,当即跟小熊亲了个响嘴。

没过五分钟,那男子来了。进门又是先笑着打招呼,接着又是脱风衣。他极其老练地,像篮球队员投篮似的将风衣往墙上一抛。他刚转过身,就听得背后一声"扑嗒"——风衣当然掉了,而且一截下摆进了痰盂,提起来时几绺黏痰扯得老长……

抱怨谁呢?痰是他自个儿唾的嘛!

那男子的脸上再也没有了绅士风采……

自此以后,他在白月那儿再也没有见到那个戴眼镜的男子了。现在,他可以全心全意地跟白月谈了,恋了,爱了。

可是,当他驱逐了敌手,当他的注意力全部集中到白月身上时,却觉得白月并不怎么可爱,甚至一点儿也不可爱。他尤其无法承受她的鼻子,没有鼻头,老远就能见到两个黑窟窿。就这,她还习惯仰着头跟人讲话。纵然从后面看还顺眼,但总不能背靠背地生活一辈子吧!这还是次要的,关键是那个……而且还有……以及……

他越来越不想见她了。倒是她常常往他这儿跑,给他买好多零食。还声称要选购毛线,给他织件背心。他越想越觉得这是个负担,如不趁早断然终止,必将背负沉重的情债。于是,他言辞委婉地给她写了封绝交信,并感激她曾给他带来的,值得他永远怀想的美好时光。总之,他说了许多让人心软的话儿,但实质上只有简单的一个意思:咱们算了吧!

白月拿着信来找他,连珠炮般质问道:"我哪儿不好,哪儿得罪你了?"他无言以对,只能木呆呆地接受批评。"要这样我就去告你,说咱们睡了,我怀孕了!"他仍无动于衷。

白月就无休止地找他。总是借口给他还钥匙,但每次进门的第一句话却是:"哎呀,我又忘了带钥匙……"

怎么办?就是换成新锁,她还是要"还钥匙"的。唯一的办法是讨回钥匙。

他将一截细长而闪亮的金属装进兜里,然后去要钥匙。

"不就是一把钥匙嘛。"白月很不以为然。

她开始寻找钥匙。动作极慢,找一会儿就停下来思考一会儿,似乎是等待着什么。"你不必找了"——她希望的这句话始终没有从他嘴里冒出来。床上已被翻得乱七八糟,搜遍了房间的每一个角落,钥匙终未出现。

他站在屋中间，眯缝着眼睛看着这一切。

她绝望了，就从小熊屁眼里抠出钥匙，头也不抬地递到他手上。

他有点后悔，觉得未免太残酷。可一想到六个女子抛弃了自己，自己为什么不能抛弃别人呢？这么一想，心也就平衡了。

他从兜里掏出那根细长而闪亮的钉子，一下子插进墙上，插进原来那颗钉子的位置里。"但愿会有美好的风衣挂在这颗钉子上……"

他刚走出门，从窗里飞出一个肉蛋打在他的后脑勺上。他回头一看，肉蛋正是那个玩具小熊。

翁婿诗酒

酒过三巡,岳父下令女婿们作诗。为了制订规则,岳父率先垂范作了一首。质量尔尔,不过规矩倒是出来了,即:首句要"啥啥好看",二句要"招来啥啥多",末句必须是"谁也没看见"。

大女婿有学问,当即吟道:

杨柳好看,
招来鸟儿多,
鹰来赶散。
杨柳从国外来?
谁也没看见。

"好诗!"岳父评价道。因为据说杨树柳树是国外引进的。大家各饮一杯。

轮到二女婿作诗。二女婿虽才力不济,但终归有些文墨,且又提前打了腹稿,故而也没费什么心思,当下弄出一首来:

粮仓好看,
招来老鼠多,
猫来赶散。
老鼠偷盐吃变成蝙蝠?
谁也没看见。

这是一个富裕农民的诗,充满了世俗烟火气。鼠、猫、蝙蝠与人,和谐相处,其乐也融融。而且还扯出一个学术问题:传说蝙蝠是老鼠吃盐后变的,真的吗?

"也像个诗。"岳父予以肯定。大家再喝一杯。下来该三女婿作诗了。可怜的三女婿大老粗一个,又是抓耳又是挠腮,脸憋通红,却不得半句诗来。这正是另三个男人要看的效果——出穷人的洋相,看穷人的窘态,是富人的一大乐趣。正在无法下台之际,岳母上菜了。岳母的发髻上插着一朵花,令三女婿眼睛一亮,脱口吟道:

丈母娘头上的花好看,
招来野汉子多,
丈人赶散。

丈母娘与野汉子干没干啥？

谁也没看见。

结局怎样？大家想去。人民是伟大的作家啊。

女脚猜想

男人越包越严,女人越穿越露,这种现象已经持续好多年了,如今再没人议论了。只是我忽而无聊起来,想就此谈点看法。

我想说的是女人的露脚。男人包严,女人袒露,自有其道理所在。因为一般而言,女人的线条和肤色均比男人的更具有观赏性。但是造物主有一个普遍的法则,它总是给最美的东西搭配一点不美的瑕疵,以此搞平衡。比方女人的脚,就大不如男人脚好看。

这个结论是我从生活中观察得来的。某次,一家电视台邀请我去做嘉宾。面对女主持伸过来的话筒,我有点不好意思,语言神经当下僵死了。为什么?因为女主持太漂亮太美丽了!大家知道,太美的女人具有一种杀伤力,一般的男人都不敢正视她。这源自男人对美女无比热爱、无比向往的本能，潜意识里总想占有美女。有了这种念头，就觉得自己不配，就生出一些自卑感来，于是没勇气对视美女了。

总之，当那美人儿伸过话筒，我不由自主地低下头。徐志摩有一句名诗："最是那一低头的温柔，像一朵水莲花不胜凉风的娇羞。"此时的我呢，最是那一低头的自卑，恰似西葫芦不胜快刀的削劈。为什么？因为我一低头，猛地发现这个如此美貌的女子，却生了如此一双难看的脚！脚上不穿袜子，趾甲涂了红颜色。指头呢，最粗的不是拇指，最长的不是中指。总之一句话，该粗的不粗，该长的不长，排列又不整齐，像给窝窝头上随便摁了几粒劣质花生米。

读者完全可以想象我当时的感觉。反正我是一点儿自卑感也没有了。我抬起头来，微笑着与美女对视，权当面对一个没有多少见识的村妇。对她提出的所有问题，我都回答得自信且有趣。甚至生出一个狂妄，让我代表中国到联合国的讲坛上发言，那也是不在话下的。这次谈话节目非常成功，播出后接到不少朋友的电话吹捧——当然得归功于女主持那双不入品的脚。不知别的女主持的脚是何等风景，若是像我见的那双一样，以特写镜头播放于屏幕，想来观众要砸电视啦。

从此，我用了几天时间考察女人的脚，当然是夏天的几天时间。夏天的女人，好像接到全国妇联的通知，基本都不穿袜子了。由是得出一个结论：女脚不如男脚。夏天的男人，很少有不穿袜子的。由此解开一个历史之谜：女人为何要缠脚？我是这么瞎推测的，有个男人，某天晚上忽来兴致，整了一大盆热水，要他的三妻四妾陪他洗脚。他一看，盆里一堆脚，一只比一只难看，就烦了，喊道："包起来，包起来！"自此，妻妾们都把脚包起来。由于这个男人位高权重，各方面均有影响力、号召力，事实上扮演着引导生活新潮流的角色。人们听说他家的女人皆缠足，便群起而效颦之。久之，演化成缠足比赛了，且越缠越紧、越包越严，终于导致了以"三寸金莲"为美的病态时尚。

我这么假想，绝非号召人们复辟缠脚，我仅仅只想说一句话：即使天气再热，女人也不宜穿着太露，至少穿上袜子的好。我有一个自以为非著名的观点，即美女是属于最广大的人民群众的。如果一个美女愿意一丝不挂地、诗意地行走在大地上，以此而娱众目，而为人民服务，那我无话可说。问题是如今并没有几个美女，竟还不大自重地袒胸露背不穿袜子，唉唉……

山地一夜

我看见老贵的时候并不知道他叫老贵。我坐在山路边的青石上歇脚吸烟,见眼前的玉米地里一阵哗啦骚动,担心是什么动物。那片骚动的玉米移到路边,就钻出个男人来,年龄在五十到七十之间。他肩挑两吊腊肉,怪滑稽的。他抹了一把脸上的玉米花,冲我嘿嘿一笑,露出两排黄板牙。我怀疑他是个贼。

"乡党,你钻进地里干啥呀?"

"拉屎嘛,嘿嘿。"

他穿着山里人的对襟黑褂,左胸前有个纸烟盒大的小兜兜。他问我从哪来?我说城里。他问我来干啥?我说不知道。他就挨住我身边坐下,将两吊油腻腻的腊肉搂在怀里。我问腊肉多少钱,卖不?他说一百块钱也不卖,是买来的,给女儿订婚用呢。他忽而问道:

"你结婚了吗?"

"结三次啦……眼下还没对象。"

他啧啧几声,边擦嘴角边说我有福气,年纪不大就结了三次婚,他连一次也没结。

"那你咋有女儿?"

"就是呀……我老贵也弄不清咋回事。"

我觉得蹊跷,就掏出一支良友烟给他,想问个明白。他也不客气,把良友烟往耳朵上一夹,说:

"我们跟前有个姓白的,犯了法,判了十六年刑,留下老婆,还有四个女子,一个比一个大四岁,楼梯档子似的。生活可怜得很。我开始给帮忙照料,后来就住到一块儿了。帮她把娃们拉扯大,三个女子都出嫁了,光景过得怪好的。后来,这女人又给我生了一儿一女。再后来,那姓白的刑满回来了,就把老婆孩子领走了,还把我的亲儿子叼走了……"

"你咋不告他姓白的!"

"告了七八年了,没用。人家说我是非法同居,无效。姓白的有钱,是县人大代表。"

"那女人也太那个了。"

"唉,也不全怪她。人心这东西嘛……走的那天,她不住地给我磕头。额头磕出血了,就走了。"

"那你也不该让她带走儿子呀!"

"儿子小,在娘身边好些。"

他满不在乎地一笑,起身拍拍屁股,说天晚了,叫我去他家住。我喜出望外,慌忙掏出证件让他看。他乐了,说他不识字,说他看得出来我是个正经人。我心中多少有点惭愧,结了三次婚的人还谈得上正经!

他挑着两吊腊肉,一摇一摆地前面引路。翻过一道小山垭,就见了几户人家。几个光头小男孩,正对着一家大门,一遍又一遍地喊着:

掌柜的,坐椅子,
你屋有个好女子。
你不给我我不走,
我在你门前耍死狗!

老贵说,那就是他家。老远就喊:
"花子,来客人啦!"
门里蹦出一个女子,手持一把菜刀,门外的小男孩们一哄而散,边跑边喊:"你不给我我不走,我在你门前耍死狗!"
见这女子手挥菜刀,我心里一阵发冷。她满面红光,喜气洋洋,把我从头到脚打量了一番,娇憨地问:"哪来的客呀?"
我一直对着菜刀发怵,心想着她是否把我当成了她爹带回的屠宰物。老贵大约觉察不对劲,就斥责女儿,说她拿着菜刀像是发了疯似的。女儿说,她正剁猪草呢。

进了大门,果见堂屋里堆满了猪草。

老贵吩咐花子赶快收拾。花子就在木板上三槌两梆子剁完、揽净。她旋进屋里,给我沏了一缸茶出来。然后门墩上一坐,两手托腮,双眼眨也不眨地看着我。

老贵说:"花子,给客人做饭去。"

花子好像没听见,半晌才自言自语道:

"猪食还剩一锅呢,急啥嘛。"

老贵哭笑不得,像是对她又像是对我,说:"这丑女子咋了,怕是耳朵有毛病?"末了又说:"也都十七八了,咋老像是五六岁那么傻呢!"

花子噘着小嘴,咕咕叨叨地进了厨房。

老贵从耳朵上取下那支香烟递给我,我说这是我给你的你就抽吧。他说你给我的就是我的了,我拿我的招待你你就接了吧,何况我吃这也不过瘾。我提起跟他生活了几十年的女人,他说不提了,没意思。他更想的是娃们。他说虽然自己没结婚,但却有五女一儿。三个出嫁了的女儿不认她们的娘,只把老贵这儿当娘家,过年过节就回来。三个女儿出嫁时,都得了老贵陪的嫁妆。现在正给花子准备嫁妆呢。花子的未婚夫是个独生子,他老子不答应倒插门。不答应也罢,只要娃们乐意。自己这把老骨头没啥值钱的,两脚一蹬拿张席子一卷埋了,别让野狗叼了去就满足了。

顷刻间,香喷喷的四个盘子端上小方桌,一把铜酒壶外加一个小茶杯似的铜酒盅。花子忽一折腰,冲我耳语道:

"你只管说我爹年轻身子硬朗他就高兴。"

我就说,老贵叔你怕有四十多了吧?他得意地吐口痰,说亏你还算城里人,白念了书好没眼力,我都六十八啦,不是吹口,两头公牛抵仗,我轻轻一拨就掰开了,只一脚踢到牛尻子上它们就蹿出几十丈远再也不回头抵仗了。来,喝酒!苞谷酒咱自家烧的,喝了打嗝放屁通火得很,加寿二十年……我照着花子的暗示,只管将那溜须拍马的赞美词一堆一堆地甩给老贵。还未及吃饭,老贵已烂醉如泥伏在桌上鼾声雷起了。花子让我帮她把老贵扶进里间炕上,脱了鞋捂好被子,回身就陪我对饮起来。

"你们山里头真清净呀。"

"急死了,还清净呢。来个客人像过节一样。"

花子饮着饮着,大约是发热了吧,就解了领下的扣子,露出一块嫩白的肌肤。我浑身一下子麻起来,感觉牛仔裤都绷不住了。我手上的筷子和筷子上的腊肉片一并落地了,鬼迷心窍地伸了手。花子起了身,挪过小板凳,和我挨坐一起。我的手在她的胸间摸索着,好像摸索一片隆起而潮润的原始荒丘。我不由自主了。我已不是我自己了。我的手在她身上一直滑抚降落。眼看到了神秘地带,花子猛地按住我的手,说:

"你只想跟我好呢还是要娶我?"

我似乎有点醒悟,就坦白地告诉她,我想跟她好,娶不娶她还没想好。

"那你就耍上边吧!"她彻底解开前襟,把我的手拉进怀里……

第二天，当我要走之前，见两个秀气的女人领着一个穿西装的后生来了。那后生脸很黑，两腿一长一短，走路有点瘸。他提着一只橘色小皮箱，里面装着订婚的衣饰礼品，一叠新钞票用红纸绺扎着，还有一块闪闪发光的镀金小坤表。

我上到来时的小山垭，见老贵家门前围着许多人。鞭炮响的时候，隐约见一女子冲我挥手送行。

看　人

去年夏天,许多事情冲我围剿而来,弄得我一秒钟也不想活了。是什么可怕的事呢?我实在没有气力,也不想重提了。我只说那些事情产生的后果,那种后果可以说是世界上最可怕、最具灾难性的后果——我厌恶人,我见了任何人都感到烦躁恶心!

一天早起,我独自一人离开这个如茅坑里白蛆般拥挤喧嚣肮脏透顶的城市。一小时后,我进山了。我沿着秦岭南麓的一条山沟往里走去。这条山沟直通原始森林,没有人烟——正是我渴望的地方。

山沟里流水声清脆悦耳,从小路上的卵石缝里,蹿出一些不知名的坚硬的茅草。两岸的山势壁立如削,飞鸟盘旋,林啸贯耳。但是,我的心却无比宁静,有一种莫可名状的孤独的欢乐紧紧地俘虏了我。我已经没有了时间概念,也不知身在何处。

我本能地、愉快地往里走着。刚绕过一个大蛋似的石包,就见迎面来了一个人。人,又是讨厌的人!

这是一个普普通通的,没什么特色的男人。他叼着香烟,步子轻快,老远见了我就露出莫名其妙的笑容。我没理他,也根本不领他的情。我眼睛看着别处,冷漠地与他擦身而过。凭着第六感觉,我断定他的嘴巴张了张,很想跟我说话。

与他错过身子后,他便吹起了口哨。口哨声像是竹笛那么单纯悠扬。我仍无动于衷,绝不回头看他。口哨声越来越远,忽然中止了。我忍不住一回头,发现那人根本没走,距我仅两丈来远,顽皮地、笑嘻嘻地看着我。我明白了,他方才只是故意把口哨吹得越来越弱,给我一个他走远了的错觉。

这不是在调戏我吗?虽然我也是个雄性。我羞恼不已,转身就走。我不明白,为什么任何不毛之地都有人的存在、人的阴影?!越想越生气,索性坐到路边的一窝青草上,掏烟吸。可是,忘了带火柴。正在我无所适从时,那个大蛋似的石包后转出了那人,那个讨厌的家伙!

"烟瘾发了难受吧?"他走到我面前,未征询意见即擅自坐到我身边,并啪一声,将打火机伸到我的烟前,"谁都有需要别人帮助的时候。"

这个陌生人喋喋不休地讲起话了。我既不反对,也没有制止,由他去讲好了。他也不觉这种独白式的讲话有什么难为情的,而且还不时拿胳膊肘子碰我一下。他说他是这条沟垴上的电视差转台上的工作人员。他说差转台共有五个人，外加一个哑巴伙夫，还雇了个农民脚夫背送给养。一人一台大彩电、冰箱、卡拉 OK 什么的。总之，工资高待遇好，城里有的山上都有。有一副翡翠麻将，天天赌小钱打发时光。

"就是寂寞！天天都是我们五个男人，你看我我看你，腻死人了！没小孩，没老人，更没女人，把人都急疯了！近来我们自己定了个制度，五天一轮换，每天让一个人下山进城，不是采购东西，而是去看人，看那些新新鲜鲜的人——"

"我讨厌人！"这是我对他说的第一句话。

"讨厌人？你有神经病吧？"他摸我的额头，"我今天下山见到的第一个人就是你，我心里多高兴啊！可你呢，一脸的仇恨，好像我杀了你的亲人似的！"

"我讨厌所有的人！"

"嘀嘀，真可怕！人有时候是很讨厌的。可是，你想——反正我讲不了大道理——你这么想想吧，为什么所有的人都怕死呢？因为凡是人都想活着，都想活在人群中间。活在人群中间才有意思。可见多数人还是可爱的；人，在多半的时候还是可爱的。让人讨厌只是一阵子中了邪……不跟你啰唆了，趁着天早，我好进城看人，看老人和孩子，看花花绿绿的女人。"

他站起来，伸了个懒腰，走了。他吹着愉快的口哨，走了。

那口哨声越来越弱，证明他离我越来越远。我忽然感到一阵异样，真正意义上的孤独，和可怕，和灭顶之灾的气味。我急忙站起来，冲着来路，冲着那蛛丝一样消失了的口哨声，没命地跑起来……

打　赌

去银行存钱,拐弯处,一个白嘟嘟的胖子,笑眯眯趋步近前,紧握我手,摇而言道:"好啊好啊,好久不见啦!"我只得赶紧配合:"是啊是啊,好久不见啦!"实际上想不起胖子是谁。"看神气你像是忘了我?"我说哪会呢。胖子说:"那你说说看,我姓啥叫啥?"这是个难题。我迅即思考两秒钟,笑道:"我要叫出你名字咋办?"

胖子说:"你叫不出的!"

我掏出一万元说:"我要叫不出你名字,这一万元,归你!我要叫出你名字,你也给我一万元——不,给我五千元就行了。敢打赌吗?"

胖子松开我手,大笑起来:"逗你玩儿么,以你的文品、人品,咋会忘掉我的名字呢……再见……

再见……"

望着胖子走远的背影,我只觉双胁渗汗。一万元呐哥们儿!城市大了,见的人多了,咱又比不得天才的记忆力,想不起就是想不起,与什么文品人品有鸟关系!

大红薯

富农跟贫农不一样,比如吃饭。富农一年四季,顿顿做饭夹瓜带菜。贫农是今天收回麦子,明天准是上顿擀面、下顿烙锅盔。稻子收割后,立即晒干了舂皮,杀鸡焖米饭。谁谁没吃上新麦新米就死了,多亏呀。没粮了再瓜瓜菜菜不迟。饿得撑不住了,到人民公社闹去。

1971年,魏云龙二年级。来了个风水先生,是个一只眼,左眼瞎的,塌陷一个坑。是爷爷的朋友,新中国成立前一同翻秦岭驮过盐巴。爷爷很高兴,要奶奶擀面。奶奶吩咐魏云龙割韭菜去。

给客人捞了一大碗净面,盖了韭菜鸡蛋臊子。全家老少的碗里,多半是洋芋,浇的酸菜臊子。风水先生很感动,也有点尴尬,要倒回锅里与大家一样吃。当然没准。

饭后,魏云龙跟着两个老汉转悠周围。过了河,驻足一个小山包下。小山包陡峭,五六丈高处,却有一块两张床大的缓处,长满了荆棘乱草。

"我死后就埋那里,"爷爷抬手一指,"到处修了大寨田,不准埋人的。"

"哦,这——"风水先生手搭凉棚,右眼绿光一闪,"这是龟山延伸,低头河里吸水嘛!"爷爷说他看不出名堂,也不信那些。

"不得了,"风水先生十根手指头忙活地掐算着,"后辈里要出个大红薯呢!"

当地方言里把出大官称作出大红薯。

风水先生离去时,忽然踅回来,"我算了天干地支,又仔细看了山向,老哥,忍不住还是说给你吧——你一百零九岁时有一劫难逃。"没容爷爷说啥,重又踅回身,快步走了。

魏云龙不大懂"一劫难逃"啥意思,只记得爷爷捋着胡须笑道:"吃了咱家鸡蛋臊子面,说个甜嘴话让我高兴呢。一百零九岁?我连活到九十岁的人都没见过!"

"记住,孙子,"爷爷说,"一辈子不要耍巧嘴、贪便宜,咱是富农,命里不缺啥。"

魏云龙后来考上大学,公路专业。儿时被爷爷领着去看公路,翻了三座山,走了两天,亲戚家住了一夜,才见到汽车。公路是他的梦想,可惜爷爷没有见到这一天。

大学毕业分到省城机关,与专业无关,跟着老秘书学写材料。后经人介绍,娶了一个漂亮的女医生。总归一切顺当。因悟性好,只做多学少说话,就被提拔为办公室副主任——难道这就是三十多年前风水先生说的"大红薯"?就一个副县级嘛。不过在乡下人眼里,副县长红薯,也够他娘的大了。

副职熬了多年,真该提了。下属有家中药厂,正处级,却是个衰败的摊子。魏云龙被提拔去当厂长,谁都看得出是明升暗降。没背景,听天由命吧。不管咋说升了半级,像个红薯了。

妻子早成了副教授,肝胆病专家,整天巡回手术,收入是魏厂长的几倍。她要丈夫专心工作,不用考虑钱。又说中医前途大呢,心里实则瞧不起中医。

魏云龙到任刚过一周,南方暴发了"非典"疫情,迅速蔓延。药厂主产品——板蓝根冲剂立马供不应求,协作单位间,亲朋好友间,纷纷互赠冲剂,以为时尚。产量大,理应做得好看些。魏厂长请来美院教授,会同中医老专家,设计出适合男女老少服用的不同的包装袋,分别印上传统的抗疫诗词、养生隽语。

不出一月,利润就几千万了。单位一有钱,不用跑关系,领导们自会纷纷跑来指导工作。当时盛行出国考察,考察需要经费,药厂出经费好了。魏厂长就被纳入考察团成员,社交圈子迅速高大上了。

魏厂长貌相周正,人品谦和,凡是上级布置的任务,总能按时完成。就被提拔交流到另一个厅任副厅长了。后再交流成厅长了。

"一把手"一言九鼎,标准的"大红薯"了。权大利润大,心里不舒服的人随即多起来。就被举报了，被纪委叫去了。

妻子甚觉意外，莫非也包了二奶三奶开支大？男人就贪个腥！但是，平日里没感觉有什么征兆啊。且不管这个，做手术人命关天，不可分心。一个真正的"大红薯"（领导）的胆结石被顺利取出，康复很好，请她吃饭。作陪者均与政界无关，一个是后脑勺留辫子的画家；一个是爱书法的食用菌专家；第三个是身着唐装，脚蹬圆口布鞋的堪舆师，右眼瞎的，凹进一个坑。

女医生心烦，谁敬酒都喝，也没兴致说话。"你爱人的事我听说了，""大红薯"说，"当领导哪能没风险呢！要相信组织，不会冤屈好人的。"堪舆师问了魏云龙的生辰八字，指头捏捏、搓搓，说没事。接着左眼绿光一闪，"把魏厅长爷爷的坟，迁了就好。"

原来这堪舆师正是当年风水先生的孙子。风水先生爷给堪舆师孙子留了三个作业，让孙子验证着玩儿。风水占卜这一行里，据说瞎一只眼的最是厉害，最能洞察时空。只是这爷孙俩，一独右眼一独左眼。

魏厅长爷爷的坟，那个小山包的正下方，被高速公路隧道洞穿而过，风脉地气被抽走了。

坟被迁后的第三天，魏厅长魏云龙回来了，如常上班。原来是被人诬告的。

不久，魏厅长魏云龙升迁到外省任省长助理了。他心里反倒愧疚，为了自己变成"大红薯"，果然害得爷爷不能安息，冥寿一百零九岁时遭此一劫。

牙签肉

筹备一顿年夜饭,烦琐程度不亚于操办一场国际会议。就这,未必人人满意,未必要啥手边就有啥。比如今年除夕饭后,咋也找不见牙签了!

家人看晚会打扑克时,我溜出门去找牙签。吃得就算比贵族还好,但其中局部的"好"卡在牙缝里不出来,一如隐形窃贼潜入卧室,要多不舒服就多不舒服。心想店门大概全关了,未必买到。街上偶尔驰过一辆车,两边是一个挨一个的烧过纸钱的灰圆圈。路过一片竹林,就抬手掐取一节竹枝儿,替代牙签剔而旋挖了几个回合,顿时齿爽神清,觉得国家确实好,处处正能量,想不爱国都不行。

出门右行第三家店,门居然开着。不由感叹,总有一些高尚人士为了大家不顾小家。进门问一声新年好,对曰新年好,满脸喜悦。说牙签有两种款式的,袋装的三元,瓶装的四元。脑子迅速决断,以我这年齿、我这身价,配享四元的牙签呢。

就买了四元的高端牙签。

二十多年前上帕米尔高原,同行中一个四方脸人物印象深刻。天路"零公里",地在叶城县,是上西藏阿里、去巴基斯坦的起始点。大米是来自雪山之水养生的,香冠天下,做的手抓饭特别可口悦胃。叶城饭罢,都拿了桌上牙签,手捂嘴巴,剔扫牙缝里的羊肉丝,转脸垂首冲着地面,噗噗个干净。

四方脸当然也捏起一根牙签,却未剔牙,而是指间把玩着,又举至眼前,横看看竖瞧瞧,研判着欲穿线绣花针似的。末了,将牙签捋捋抹抹一番,装进上衣内口袋。我说你是准备脚板打起了泡,拿牙签挑破吧?四方脸诡秘一笑,不置可否。

想起少时山里步行,七八十里路下来,脚板就起了泡,疼得没法走了。同行的长者说年轻人走路有限,多走些路,脚上磨了茧子就习惯了。长者让我席地就坐,只见他从路边折截枯草枝,要我脱了鞋,闭上眼睛。感觉一刺,眼一睁,就见草枝戳破了血泡。长者以拇指挤压血泡,放了污渍。起身继续走路,疼感慢慢消失。

车队爬山,道路回旋陡峭,海拔急速攀升。不时见塌方水毁路段,车轮小脚老太般挪过去,心里满是惊骇。一个多小时过去,就缺氧喘气了……给养卡车落后老远,步话机的通联声忽强忽弱。盘上五千米,彻底失联了后车。驻候吧,乌云顶盖,高原荒凉辽阔。

肚里有点饥,有人摸出零食。四方脸吧唧着嘴巴,手塞衣袋摸出牙签,嘴里剔出一蛋儿羊肉来,半粒黄豆大小。此时的乌云裂开一个窟窿,阳光从窟窿里泼下来宛若金色瀑布。四方脸将牙签肉顶上鼻尖,仿佛要拿阳光再烤烤。然后塞进嘴巴,一抿,拔出牙签——

跟前的那位女记者,一直手捂胸口,高原反应欲呕而不能。此时见了四方脸行为,立即转身离开几步远,蹲下,呕了。

那年,四方脸五十出头,企业家,赞助了此次新藏公路探险活动。他是地主出身,家乡解放时家产被分光。与许多人一样,童年挨了很多饿,所以特别心疼食物。

他说,地主里确实有恶霸剥削者;但多数地主是勤俭节约成了地主的,并且知书达理。

钟声与大海

小镇街道冷冷清清,一条老狗木呆呆地溜达着。一家木板店铺前,矮矮的竹靠椅上,瓜坐一个老头,袖着双手,晒太阳。

走到两条街道交汇处,便是镇政府。挂了五个牌子,两个牌子红字,三个牌子黑字。门口停了三辆小车,两个妇女走出来,身后一个干部送行。听其对话,是来咨询生三胎有没有补助。

那干部见是异乡客,满面笑意邀我进去喝茶。我合掌回礼说谢谢,不敢叨扰。心想无事不入官府,鱼安水安,你好我好。从另一条街道往出走,循着什么敲打声,就到了河边。

河对岸的缓坡上,一个不大不小的寺庙。庙建在河川,又如此靠近集镇,少见。

河水不小，河床里间隔不远地分布着石头，有大有小。阳光晃得河水冒汽，一个汉子挽着裤腿，挥舞一柄铁锤，敲打一块大石头。

走到近前才发现沙滩上一个木盆，盆里一条两寸长的鱼有气无力地游摆着。那块大石头蹲在水潭里，与水接合部的石皱纹上一圈青苔，下面是水草招摇。那汉子五六十岁吧，脑袋上小下大，像个憨粗的大红薯。

"你这是——"

"——砸鱼嘛。"

砸鱼？闻所未闻！

见我面露疑惑，"红薯"笑道：

"一砸石头，潭里鱼就给震晕了翻上来，捡就是。"

原来盆里那小鱼，是他方才"砸"的。请他继续砸，他说这阵没情绪了，铁锤一撇，摸出一支烟点着。吸了三口，才问我吸烟不。同时弹出一支递我。

"谢谢，戒烟五年了。"

"嚯，把烟都能戒掉，狠人，不可深交哇！"

"这说法厉害。"我也"嚯"一声。

"你去逛庙吧？"

离开河岸，刚爬上去就见一个和尚立在舒缓的台阶下。目光远远地相遇，和尚就合掌动唇，近了，颔首说，欢迎先生莅临小庙。

法号无心，仪表堂堂，四十来岁。遗憾腿有点瘸，礼让我先上台阶。每上十来级，身后的无心便叹息一声。回首一看，圆口布鞋白袜子，难怪如猫爪落地般悄无声。他弯着腰，左手按着右膝盖旋摩着。

"弄点膏药贴贴？"我也没问这腿疾是如何造成的。

"噢，人一辈子嘛，只有挨过一两次打，才能明些事理。"

更不宜追问了。

猛一抬头，门楣三个草书字惊得我差点跌倒——

欲壑寺！

"看先生表情，很懂书法的。"

我不置可否，跨进门槛，是个小院子。先看右手厢房，是宿舍，墙上挂一个风扇，床上的牡丹花被子也没叠，未脱贫的样子。出来再看左厢房，厨房，煤炉子上一口带耳锅，案板上黄瓜青菜之类，反衬得一根辣椒特别红。

然后三级台阶，上了正堂，相当于大庙里的大雄宝殿吧。

这时一声咣当传来。几秒钟后，又听得一声咣当。看来河里的红薯汉子情绪好转了，开始砸鱼了。

正殿供奉着如来，两边是菩萨矮像。请教菩萨二字究竟何意？无心法师说："若菩萨有我相、人相、众生相、寿者相，即非菩萨。"佛学玄奥，自然没听懂。考虑面子，我还是点点头，以手击额，给无心一个醍醐灌顶的神情。

庙外又传来一声咣当。

我掏出一张百元钞，双手插进功德箱。然后跪下，叩了三个头。

"施主太大方了，意思下就行。"

我由"先生"变成"施主"了。

我说我这是替我母亲、我祖母上奉,她们一生持斋信佛。

"噢,施主自个儿,不信佛?"

"不能说信,也不能说不信,我就觉得佛不傻。"

"阿弥陀佛!"

转身欲别,无心说别急,要我到后面敲钟。

"不用了吧,我是敲过钟的。"

"那可不行,"无心说,"我母亲经常叮嘱我不可欠人情债,施主并不信佛,那我就该请施主敲钟,回报个答谢。"

我只好从命,心里哭笑不得。

佛像后面有个小门,一出门就听得无数的蝉鸣,方才怎么没有蝉鸣?土台上一个亭子,护着一口钟。无心拉开钟槌,推到我手上。

我就轻轻撞了一声,蝉鸣迅速消失了。

"再撞两下,用点劲儿。"

我就使劲撞了两槌。钟声苍老浑朴,漫溢四周,直上天空弥合了云朵。

"先生是个好啊。"不叫施主,恢复叫先生了,说明一百元三槌钟,两清了。

原路返回河岸,红薯汉子的木盆里,七条鱼,皆一拃来长。三条鱼仰着白肚皮,三条鱼游着,一条鱼正侧身翻扭。红薯汉子说,你看吧,不一会儿全苏醒了,放生掉。

"把鱼砸晕,捞进盆里,然后放生,图啥?"

"不图啥,就感觉好。"

也是,无目的本身,也是个目的。只是我不明白,这莫名其妙的"砸鱼术"是怎么得来的?

"我在东海舰队服役过八年,知道声音在水里的传播速度吗?每秒一千五百米,冲击力很强呐。"

"你这是怀念水兵生活?"

红薯汉子答非所问:

"放生要选择钟声里,就像军号响起,仪式感。"

停了停,又说:

"活着要有仪式感。"

未完待续……

文学是回避的艺术

方英文访谈录

时间：2022 年 10 月 7 日上午
地点：西安市朱雀路明德门遗址公园
记录：刘超，中国现当代文学硕士研究生
导师：周燕芬，西北大学教授，博士生导师

刘　超：还是从您的处女作说起吧。我查资料时发现，您的处女作应为 1981 年发表在《上海文学》上的《文论小议》，当时您读大学二年级。这篇文章是写您对文学的见解的，您能为我们回顾一下当时的情景吗？

方英文：其实也谈不上处女作，就一个文学小杂感，意义只在于文章第一次变铅字。《文论小议》发表在1981年《上海文学》第十期上。那时正值文学热,同学们几乎都在写作,不少较年轻的老师也热衷写作。发表作品、把文字变成铅字是那时候所有写作者的梦想。

我刚开始其实只写小说、散文,投稿后却一直是石沉大海杳无音信。我记得很清楚,有一天在图书馆读文艺理论书报刊,看了半天,发现都是言必称马恩列斯,相当概念化,很空洞。《文论小议》正是针对这个现象发点小嘲讽,可能只有千把字,甚至一千字不到,写成后随手投给《上海文学》。三个月后发表了,收到样刊打开一看,被排版在最后一页。同期头条小说是王安忆的《本次列车终点》。过了段时间,杂志社寄来十元稿费。那时上大学每月生活补助费是十七元五角,毕业后的工资是五十七元。不同地区有差别,有五十八、五十九元的,总归很少超过六十元。当时是计划经济,几十年工资不变。我大学一毕业就拿五十七元,跟工作了一二十年的老牌大学生工资一样。所以十元稿费也算是"巨款"了,我请了好几个同学去边家村吃羊肉泡馍,喝散碗啤酒。吃喝完了又到俱乐部看了一场电影。就这也没花完,就又买了几根油条。

我的小说处女作其实是《解脱》,发表在1982年某期《长安》上。《长安》后来好像停刊了一段时间,复刊后改名为《文学时代》——就是如今的《美文》前身。《解脱》是个短篇小说,现在回想起来,应该是我的写作老师冯有源推荐发表的,他当时兼职《长安》编辑。正式编辑有贾平凹、和谷、商子雍等,主编是诗人子页。这回稿费就多了,六十元呢!

刘　超：中篇小说《初恋》（初名《洲际导弹与小口径步枪》），短篇小说《素描》《古老的小虫子》等都取材于大学生活。《初恋》中说，在你们班上，能找出好几个怪腔怪调的"业余华侨"，好几个同学着装怪异，长头发喇叭裤啥的……这些内容都是真人真事吗？据您自己回忆，大学期间一直在读名著、写情书和编小说，能回忆一下当时的情景吗？

周燕芬：我印象中当年你有一篇作品《蓝色少年》，当时还流传到我们班上。是手抄本，字迹工整，内容是关于爱情的。当时虽然已经改革开放，但大家的思想还是比较封闭，所以你这篇作品我印象很深。

方英文：这篇小说没有发表，原稿也因几次搬家找不见了。《蓝色少年》实际上是模仿蒲宁的《米佳的爱情》写成的，自我感觉写得唯美，调子忧郁感伤。师生们创作热情普遍高，风气如此，中文系么，各个大学差不多的。

你刚才提到的描写也基本是真真假假的，编小说嘛，每个时代的年轻人大抵都如此。至于说读名著，我们这一代人上大学时都在读的，读了不少名著。其实，最根本的原因是在此之前压根儿接触不到名著，所以才会如饥似渴。至于说写情书，人人青春期，荷尔蒙暴涨，实在也无须多说的。

周燕芬：到我们八一级上大学的时候，情况已经有变化。我们这一级除了此前就有作家梦的个别同学还写作投稿外，大多都是中规中矩地上课。

刘　超：1979年到1983年，这四年正好是整个中国发生大转变的时期。文学总是处在风气变化之先，而您读的是中文系，想必大学期间，您的思想、精神世界发生了巨大的改变吧？

方英文：除了思想上为之一新外，考上大学对我来说最重要的是改变了生存状况。我是农村户口，上大学等于跳了龙门，端上了公家饭碗。我退休的时候，把工作期间得到的一些所谓荣誉证获奖证之类的玩意儿都撕了扔掉了，唯独珍藏了大学毕业证和学位证——就这个给我带来了实惠。当时成千上万的人都这感受，不止我一个，不信你去打问。至于说思想和精神世界，今天回过头来看确实是天翻地覆慨而慷。在当时，其实是思想上一点点变化，有个适应的过程。其中也有剧烈变化的时候，这种变化是每一个国人都有过的。

刘　超：您曾戏称，三十五岁前不读中国书，三十五岁后不读外国书。其实您是在把能接触到的中外经典都读过之后才这样说的吧？

方英文：哈哈，写文章难免吹牛夸张嘛，谁能读完名著呢！只是说我大学期间读了不少的外国经典，确实眼前一亮，那些作品与我过去读的革命历史小说有天壤之别。可能是之前的那类小说读腻了，于是说不读中国书了。三十五岁后，林语堂、梁实秋、丰子恺、老舍等五四作家作品又被市场重新炒热。这时候再回过头来看，觉得这些作家的语言、学养、调调更合我的口味，所以就说三十五岁后不读外国书了。当然也不绝对，像现在，要是有好的翻译，外国作品我还是会看的。

刘　超：《苦菜花》《三家巷》等红色经典都是您的幼年读物，虽然这类作品的内容有时候存在一些不真实的地方，但红色经典中所涉及的信仰、平等、忠诚等观念却深深地影响了您，感觉您的骨子里其实还是信奉这些东西的，虽然您经常会在作品中用一些革命语录进行调侃。

方英文：改革开放前，中国只有一个领袖一个先生。领袖就不用说谁了，一个先生就是鲁迅先生。我家虽然在深山乡下，也勉强算是书香门第，家里有《诗经》《易经》等各类古书，只是读不大懂。所以，当时能读到的书自然也就很有限了。"文化大革命"开始后，十七年中出版的文学书一概成了"毒草"，不是烧便是禁。郭沫若就带头烧自己的书。但是这些"毒草"不少流落到偏远的乡下。当时只要听说哪位同学家里有什么书，就跑去借，拿个小礼物换，借来就连夜读完。尽管是"毒草",其实内容还是挺"革命"的。"文化大革命"后期,能够读到的有姚雪垠的《李自成》、浩然的《艳阳天》《金光大道》。至于说影响,多少有一点吧,但是肯定不如外国文学和五四作家对我影响大。

刘　超：我读您的作品,感觉您一路走来真的很不容易,我指的是选择以文学作为信仰,您曾说自己没有宗教信仰,把读书写字当作信仰。为之持续四十年的辛勤付出,当然,回报和收获也是颇丰富的。

方英文：哈哈,这倒没有。作品好坏任由读者臧否。当下文学边缘化成这个样子,仍然有不少读者买我的书,比较欣慰。要知道现在是互联网语境,咱们今天谈文学简直就是说笑话！我曾发微信说："文学阅读早被刷屏阅读替代,刷屏阅读又迅速被催命般滚动的小视频取代,刷、刷、刷,亲爱的你究竟想看什么？"

说把读书写字当宗教信仰,只能是种文学说法。其实读书人大概都存在这个自恋感觉,只是我说出来了而已。信仰本身其实是不能讨论的,因为信仰本是无前提设置、无条件地信奉某种东西或者理念。不过当时说这话是比较真诚的,强调一种喜爱程度罢了。但是任何事情都有忌讳的方面,就像如今,有一个词叫"人设",我就不大接受凡事都要先来个"设"。事物原来可能并没有什么意义,意义都是人们赋予的。所以,更进一步说来,要说信仰,我更看重生命本身，看重人和人之间的善和美。文学其实是把生命的苦难化作艺术的一门学问，我觉得写作就如考古工作者，努力把掩藏在生活里的善与美发掘出来。

刘　超：《落红》作为您的第一部长篇，原名《冬离骚》，有什么寓意？

方英文：《落红》是世纪之交创作的，那段时间大环境发生了巨变。一切都向钱看，整个社会好像也因此迷失在物质等低级欲望里。取名《冬离骚》，当然借用了屈原的《离骚》。不过后来出版社觉得这个书名太雅了，像个学术书，影响销售，所以就更名为《落红》。后来台湾版依然采用原名《冬离骚》出版……与"楚国高官"屈原不同的是，《落红》里的唐子羽是个市级某局副局长，顶多算是屈原的"劣质子孙"。

周燕芬：你曾说过喜欢"五四"新文学，具体而言，你更喜欢五四时期的哪位作家或哪部作品？

方英文：喜欢"五四"新文学，是喜欢五四那批作家学人的精神气质。每个人都很有特点，很有个性。比如鲁迅，看他的文章多了，再看一眼就能认出是鲁迅写的。内在的原因还是鲁迅这个人有很强的个性。这一点你模仿不来，只能欣赏，欣赏他身上的某个与自己合拍的点，比如幽默。但鲁迅那种幽默又只属于那个特定时代，要结合其具体语境看。仔细说来，我喜欢的作家，一个是林语堂，一个是老舍。老舍非常温情有趣，他写广东人爱吃狗肉，有一天广东一个朋友来了，他赶紧把小狗藏到阳台上，担心广东朋友进门见狗就吃了！你瞧这想象力，这夸张，充满了幽默感，实则大慈怀也！

再一个是钱锺书。有一段时间，没事时就翻开《围城》，随便读一两页皆有启发。好书就是这样，语言过硬，未必非得从头开始读。一般小说只是个讲故事，不通读便不明就里，通读又浪费时间没啥收获。钱锺书是空前绝后的大才子，学问咱没法跟人家比，学不来也罢。咱有咱的优长，写作时回避开就好。

作品首先要简单，五年级小学生都能读懂，博士也能看，教授也能看。《西游记》就是如此，老少皆宜。抛开里面的神魔荒诞之外，实则很世俗，接地气。比如说，孙悟空打上门来，猪八戒说"你破人亲事如杀父"，完全是老百姓的话。猪八戒把老婆叫"拙荆"，孙悟空就取笑他耍斯文，要他用"浑家"合适，"浑家"是明代南方泥腿子称呼妻子的。而牛魔王将妻子（铁扇公主）称为"山妻"，这是有身份的人故意自谦玩高雅呢。钱锺书夫人杨绛，一代名媛，文章高手大翻译家吧，却自称"煮饭婆"，也是这一路的幽默……《西游记》里有一回讲几个树精把唐僧抓去"开笔会"，赏月喝酒——我琢磨就是吴承恩自己想过一回作诗的瘾。

周燕芬：陕西作家中，你和陈忠实、贾平凹等人关系密切。《白鹿原》你肯定读过，那么贾平凹的作品你读过哪些？觉得如何？高建群、红柯、冯积岐等人的作品您读过哪些？

方英文：这些作家都很了不起，写出了公认的好作品。他们是陕西的主流作家，评论家总是关注他们，研究他们，已无多少新意留待我来评说的了。文学早已系统化，甚至单位化了，不再有全民性。比如作协的年终报告里，基本只说单位领工资的，或者退休的（包括亡故的）作家。我不在人家单位，很理解呢。

刘　超：您曾说，您从事写作的时候，名作家的指标已经分配完毕。这些对您的创作有什么影响？

方英文：是说边缘化了，文学时代早就过去了，其实也是无所谓的事情。因为我生性不爱热闹，所以这对我来说其实也挺好的，想写写便是了。1987年我在《当代》上发过一篇小说，被折腾修改了几次。后来慢慢发觉上名刊原来需要"诗外功夫"，索性就不考虑刊物大小了。一旦有了读者群，你即使发表在黑板报上，人家也会找去看的。反之，刊物再有名，他不想读的照样不读。我一直文运不好，每篇作品都要周转好几家刊物。比如说《古老的小虫子》，转了好多家刊物，转了两三年时间，最后才由《春风》发表出来。

说到《古老的小虫子》，倒想起个逸事。现任《华商报》总裁的王朝阳说，他当时正在上大学，偶然一天发现《小说选刊》上选的《古老的小虫子》。他们当时读的都是路遥的《人生》之类励志作品，忽然读到《古老的小虫子》这样写虱子的小说，很有趣，也非常惊讶，感觉和之前读到的小说都不一样。很快，到晚上的时候，班上的同学都传读遍了。此事王朝阳专门写过一篇《方英文批判》，网上应该能搜到。

刘　超：您的作品，在语言上有很高的辨识度，自成一格，这显然是硬功夫，是长期积累才有的。想问一下，您的作品在语言上得力于哪方面最多？乡村俚语、歇后语、典故掌故之外，感觉您的语言在气质上很接近钱锺书的机智讽刺和才气，以及汪曾祺的幽默风趣，不知道这个感觉对不对？

方英文：你这感觉……可能有点吧，我自己是说不好的，自己说自己难度太大。一个作家的作品让读者联想到另外的作家，未必真受了"影响"，也许他压根儿不曾读过他们呢。可能因为作家的气质类似吧，值得研究。

至于风格，笼统讲，风格即人格。形成自己的语言风格是很难的，需要长期的自我认知，就是说你得花些时间自我考察你身上都有哪些东西与其他作家不一样。把不一样的强调出来，一样的舍弃掉，风格就出来了。文学创作其实就是个回避的艺术，无非"选什么、怎么写"六个字。一个作家之所以要读别的作家，学习只是个浅层目的，根本目的是回避这个作家！比如说，周燕芬老师出了一本《燕语集》，我出书时就不能再用这个名字了，她笔下写过的榆林与西安的某些内容，我就不好再写了。同样地，前人书中的情节及语言，你也要避开，否则就是模仿与抄袭，不能叫创作了。

　　前面说我的作品要辗转多家刊物才能发表，每一次退稿回来，我都要把稿子重新抄写一遍，顺便也就把语言再锤炼一次。总归作品写成后，都要修改几遍，最后还要自己朗读一遍，调整长短句，增删标点符号，目的是让语言具有音乐感。假使写完自己都读不下去，就不要指望吸引读者了。

　　说到这里，我的作品不喜欢使用典故，因为我觉得一篇文章要是有很多书名号、双引号，如同一碗白米饭上落了一些苍蝇，实在不美观。在文章中，我也不喜欢故作深奥教育别人，万不可以为自己比读者高明，谁又比谁傻呢，脑子都是一个比一个精啦！我就倾向于简单。所谓简单就是文字要干净、质朴、清爽。这样一来，我的作品可能读起来就会比较轻松吧。

　　刘　超：外国作家中，您提到莫泊桑、契诃夫、福楼拜、托尔斯泰等的频率很高。中国文学中，庄子、李白、苏轼、鲁迅等人相对来说更被您偏爱。这些人在成为您的阅读对象的同时，也塑造着您的精神气质，同时也雪泥鸿爪一样体现在您的作品中，可以说是这些局部成就了完整的您吗？

方英文：这么说似乎也可以，因为所有的作家都是被前人作家的乳汁喂养大的，奶娘不同则气韵相异。契诃夫、莫泊桑、茨威格是我最喜欢的三位外国作家。汝龙翻译的契诃夫，当时西大图书馆里有十几卷，我从头看到尾。中国文学中，庄子和苏轼最合我的口味。如果中国古代经典中只准选一篇，我就选庄子的《齐物论》，齐生死、同万物、等贵贱……一句话，庄子认为荣辱成败都一样，斤斤计较堪可笑。庄子是哲学家，表达思想却是用了非凡的文学手段，原创的词语特别多，比如小说、宇宙、朝三暮四等。

鲁迅我当然也喜欢，但我更看重他身上顽皮的一面。你看鲁迅的文章，尤其是千字内的短文章，他实际上只是为了说那么一两句想说的话，前面都是王顾左右而言他，甚或索性就是闲扯淡。忽然，不经意地，很唐突的样子，冒出他想说的那句话，有意思吧？鲁迅遗言说"让他们怨恨去，我也一个都不宽恕"——人之将死，其言也善，鲁迅当然知道这说法的，但他偏不"善"，这也可以说是"回避的艺术"。鲁迅深谙修辞艺术，他如此这般，没准儿就是逗你玩儿呢——客观上广为传播了。

还有，丰子恺的佛性通透，简朴童真，我也非常喜欢。

周燕芬：你的童年，相对来说还是幸运的，然而毕竟是有缺憾的。这也促成了《群山绝响》以幽默喜剧为局部，但整体上却是悲凉的，无可奈何的！悲剧意味着达观，这其实也是你人生观的体现？！

方英文：你提到的这些其实我在文章中讲过。我的童年虽然处在那个特殊的时代，虽然遭遇了一些变故，但是整体上还算幸运。因为，我的家人都很宠爱我。记忆中，我甚至没被责骂过一次。我当然也很顽皮的，只是顽皮得比较有度，没怎么过分吧。现在再回过头来看我的童年，我只有两个字——感恩。

刘　超：说到悲喜剧，您的作品，尤其三部长篇，都给人以借喜言悲的感觉。您怎么看待这个现象？

方英文：我写长篇，定稿时会把开头和结尾剁掉，剁掉的字数还比较多。因为开头部分属于酝酿情绪，做很多铺垫，难免有情绪化的东西，如同街上胡乱转悠着找饭馆。定稿时再看就显得多余。我从福楼拜、莫泊桑师徒身上学到了凝练，不喜欢汤汤水水的文字，即使那汤汤水水偶尔也不乏乖巧。结尾部分也删掉，因为结尾总会无意识地"拔高"呀"哲理"呀，其实可笑。前面说过人的智力都差不多，你没有资格去启蒙别人。总归命运也好故事本身也罢，最好多留空白。要知道实际生活中，人人希望圆满，"祝你天天快乐"，这是哄人高兴呢。

说到悲剧喜剧，原本是一回事，中间只隔一层薄纸，而且瞬间转换，无常得很。优秀的作品大抵是悲喜混淆的，而且是悲大于喜的。因为生命是有限的，遗憾是永恒的。

周燕芬：虽说你曾表示写作没有使命感，只是单纯的喜欢，但《后花园》中宋隐乔知道罗云衣在帮助农村孩子时所表现出的震惊，却也是一种使命感的体现。而且你作品中也有好一些对于不合理现象和人性的批判，这其实不也是一种使命感的体现？

方英文：宋隐乔作为一个现代社会的知识分子，毕竟还是要有所追求的。在作品中揭露一些不合理的现象，这是忠实于生活本身，没有办法忽视的，每一个作家本能的使命。不能简单看作家说什么，一切看他具体作品里写了什么。语言有一大奇妙处，那就是你不说我还清楚，你一说我反倒糊涂了。修辞是神秘的，充满多义性，以及障眼法。

刘　超：请谈谈音乐对您作品的影响。

方英文：我写过一个短文《音乐是耳朵的饭》，偶遇你喜欢的音乐，你感觉这音乐营造的世界如同你的家园，又如你见到了故友，甚或情人，于是你的孤独感立马消失了！所以有"知音"一说。写《群山绝响》时，常常中断了听音乐，比如《鸥鹭忘机》《思乡曲》《渔舟唱晚》之类。多听音乐会潜移默化自己，熏染作品"行云流水"，阴阳交错。

刘　超：您的作品中，女性形象一般都比较正面，而男性形象却给人感觉比较懦弱,不知道是不是您有意为之?

方英文:这可能与我是男性有关,哈哈。我们讲,某户人家的男性去世了就会说天塌了。天的特点是云卷云舒,随风流动,极不稳定。但是土地不一样,土地属于母性,承载万物,是相对安静的。母亲生育孩子后绝对要把孩子抚养成人,男的就比较随意,有的不负责任。这么说有点绝对,可大多数情况就是如此。所以呢,我个人对女性身上所具有的善良隐忍、勤俭智慧等美德,始终赞赏有加。

文学长子

《太阳语》的故事

方英文作家：

您好！我叫 MaiAshour，我是来自埃及的翻译，其实我很喜欢您写的《太阳语》。

我希望您允许我翻译成阿拉伯语，给阿拉伯读者介绍一个来自中国的伟大作家与作品。

祝好！

MaiAshour

健在时被称为"伟大作家"，幽默多于激动。一看时间：2014 年 7 月 11 日，好几天前了。自从有了微信，开电脑的次数大为减少。赶紧回复：

尊敬的MaiAshour先生（女士）：

您喜欢我的《太阳语》是我的荣耀，我当然同意您翻译成阿拉伯语，向您致以衷心感谢！

阿拉伯语是人类伟大的语种之一，《天方夜谭》(《一千零一夜》)曾伴我度过艰难困厄的时光——我的某些所谓"幽默"，与此杰作之滋养不无关联。

祝吉祥如意，阿门。

方英文

当天下晚班时，就又收到对方回信：

方英文作家：

您好！请您不要感谢我，能够翻译您写的作品是我的荣幸，翻译《太阳语》的过程我很享受。我来过中国三次了，我也去过西安，是很有风格的城市。如果我有机会去中国我一定联系您，我好盼望有机会能与您见面，获得您的签字。

祝好！

梅

梅？中文名字？女的？好奇心驱使我发信探问。果然是女翻译，开罗大学的。而且最让我感动的是，她读过我的长篇小说《落红》，非常喜欢。《落红》里的女主人公名叫梅雨妃，所以她以"梅"

为中文名字。据此推测,她可能在中国留过学。留学城市多半北京或是上海,也可能是西安——熟悉我的作品啊!但这些,电子信件里并没有涉及。只是心里瞎猜,想当然。

《太阳语》是篇微型小说,写于1991年。当时我在秦岭山里的商洛(今商洛市)工作,身份是群众艺术馆文学干部。"文革"前这里有份《商洛报》(今《商洛日报》),停刊多年后刚刚复刊。他们向我约稿,我就写了《太阳语》。他们为了告白天下自身复活了,所以每每出版副刊,就寄给全国各地的文学选刊。于是《太阳语》"走向全国"了,不断被收入各种选本。二十多年后,《太阳语》再次被激活——选入2012年陕西省中考试卷,遂有六十万考生在同一时间琢磨同一篇文章的景观。嗣后上网一看,没考好的少男少女们,把作者大骂一通。三年后我的散文《紫阳腰》又被选入试卷,我照旧又被骂得狗血喷头。文学本来是消闲怡情的,而考试则是世间最大的功利行为。考试让作家顷刻变成"学子公敌"了!

日前饭局上,遇见陕西省翻译家协会主席胡宗锋教授。他带着刚出版的两本译作,分赠朋友。喝酒时自然扯到《太阳语》。胡教授问我最近联系埃及翻译家没?给人家寄过什么东西,比如书籍书法、资料礼物没?我说没有啊。"你太不尊重我们翻译家了!"胡教授当即批评我,说他翻译美国学者的著作、圭亚那作家的小说,人家经常给他寄这寄那的,他马上升腾一股成就感:"拿着资料啊礼物啊四处炫耀,让同事们领导们欣赏欣赏——咱可不是白吃干饭的!"

胡教授嗜酒率性孩童气,但其所言很是在理。回来立马开电脑发邮件，问清梅翻译的详细地址，考虑寄什么东西。巧的是，一登录邮箱，梅翻译的邮件就跳了出来——

方英文作家：

您好吗？我下个星期将来中国出差，我也可能有机会去西安，可不可给我您的联系方式，我希望有时间能见到您。我觉得机会难得，我真的盼望见到您。

万福！

梅

我立即回信——

梅：

你好！唐代诗人李商隐有句诗说，心有灵犀一点通。意思是两个人并未沟通，却忽然同时想起对方——我也正要给你去信呢！是想询问你在埃及的住址，如何才能给你寄书与字呢。现在好了，你要来西安了！我的手机号1357□□□□□60。为了避开杂事，我的手机一直静音设置，所以请你发我短信吧，以免误事。提前发，我应该提供怎样的接待，住与行如何服务。

热烈地期待你！

方英文

第二天手机里，就闪出一个名字 MaiAshour 申请添加。一看头像便是梅，因为此前她发过照片来。当即添加，感慨微信真神奇，地球小如篮球了。她发来语音，普通话很标准，且温婉，像是江浙女子说普通话。语音结束，我便翻看她的旧微信。发现一位戴眼镜的老太太，风度极佳，视觉上超过前年获诺奖的加拿大女作家爱丽丝·门罗。她是梅的姑姑，名叫 PadwaAshour。是埃及著名作家，代表作《塔恩士利亚》《色格拉》《温暖石头》（即"格拉纳达三部曲"）。可惜刚刚去世了。"埃及告别你，"梅悲伤配文，中文，"我一辈子不告别，因为你刻在我心里。姑姑我想念你。"紧贴两颗心符与流泪图符。

有点疑惑。PadwaAshour 一看是标准的欧洲人么；而梅呢，则是阿拉伯人啊。其间的血缘故事，一定有趣。但是，不该问的最好别问。

2015年1月27日上午，她发来语音，说她人到西安了！我以为她还在埃及呢；其实她第一次来语音，人就在北京了。"住哪？我现在来看你！""不，不！我要开会！"她改发文字了。"我溜出来在卫生间。""老板这阵忙别的。"……神秘啊，阿里巴巴四十大盗哈。"什么会？学术？商务？""商务。"我说那好，我推掉一切应酬，全天等候你空闲时来信，会面。

可是直到晚上过了十点，她才来信。短句式，一条一条连着发来："真的，很抱歉。""晚上还要上班。""不好意思，刚看见信。""我一直在开会。""现在想休息。"……我家距酒店不远，夜里打车也方便,马上去见面也似无不可。但我没有如此发她信。毕竟快深夜了,去酒店探望一个来自遥远国度的异性,不大合适。

最后约定,明天上午,我去香格里拉酒店,大堂里与她会面。她提醒我她九点半就要"上班",外出。次日起床,推窗一看,满目的白银世界。多年来养成习惯,天天早起,喝茶临帖。就想着给她写幅什么字好。书是要送的,但不宜送多。一本就够,不能加重人家的行囊。她若需要我什么书,随后寄她便是。那些给人送砖头书画册的人,授人以累赘,实该罚其失眠,反思!就送她一本《梅唐》吧,里面正好收有《太阳语》。扉页上签名时,没控制住,成了一篇小品文。

临到出门前又犯愁了。人家是女的,总得带个别样礼物吧。可是五个房间里转来找去,皆没发现合适的。也怕翻箱倒柜,残局不好收拾。只怪妻子不在身边。女人放的东西如同耗子藏食物,只有女人自己能找出。忽然眼前一亮:立式空调上佩着一条黄绸带么,就它了!

到达酒店门前,隔着旋转玻璃,就与梅翻译对视上了。她立马起身走来,玻璃门将我旋转进去,正好握住她伸过来的手。瞬间一眼,脑海里已把她描写了:中等个儿,胖瘦适宜;阿拉伯人肤色,宝莱坞女演员鼻子;大眼睛,清亮幽蓝,如两潭微型地中海。

我们坐在大堂的沙发上聊天,不时望一眼玻璃窗外的散漫飘扬的雪花。

MaiAshour 女士——梅翻译从包里取出一个类似中国书画拓片

的东西,似乎树皮,抑或特种草制品。她说上面这六只鹅,是她亲手刺绣上去的。一见如此礼物,我心想自己也多亏没有空手呵,否则太失礼。

我取出绶带,坦白告诉她说,这是2011年春节之夜,受邀小雁塔撞击新年钟声的纪念品。随手拿上,聊作礼物。"《红楼梦》里贾宝玉给林黛玉送的……送的手帕也是旧的!"老天,人家精通红楼人物啊。但我必须补充:"此绶带我从没用过。"

梅翻译二十八岁,未婚。我立即自我定位以长者,以免胡说八道乱了章法。她十年前学习中文,就在开罗大学中文系,不曾来过中国专门留学。除我之外,她还翻译过周国平、毕淑敏、史铁生。目下打算翻译木心。

"可是木心怎么没什么名气?"

"主要是他'弟子'陈丹青竭力推介。我没读过木心,无法评价。"

"莫言我看了一些,不打算翻译。反正有人翻译他。"

"文学如菜肴,各有口味。人生很短暂,翻译家应该只翻译自己喜欢的作家——愉快劳动嘛。"

"那是,那是!"

"你翻译我的作品,我内心深处感动感激,因为你是喜欢我的作品。我是边缘作家。由国家拨专款,组织翻译家往外推销文学作品,那是体制内有权作家的福利,轮不上我的。不过,他们花钱组织的翻译家,真喜欢他们的作品么?翻译起来愉快么?能翻译好么?天晓得。"

梅翻译听得两眼茫然。或许不了解"国情"吧。

"我是从《百年百篇经典微型小说》里看见《太阳语》的,就您这篇深深地打动了我,这才决定翻译。从网上看见《梅唐》出版了,可是在北京逛了两家书店都没找见。可能书店太小。"

我拿出《梅唐》,打开,给她念扉页上的"签字"——

梅女史:

接到你来西安的信息,我非常高兴!正在写字,顺手给你写了"雨雪梅妃"四字。前二字,记录今年入冬以来长安的第一场雨雪;"梅"是你的中文名字;"妃"有几个意思,在中国古代,"妃"指女神,如天妃、宓妃。你也说过,很喜欢我小说《落红》里的女主人公梅雨妃哈。这本小书名,也正好有个"梅"字。

2015,元月廿八于西安,方英文

她很开心,与我同牵"雨雪梅妃"四尺横披字,请前台服务员来为我俩合影留念。

我说阿拉伯文字很神秘,好看,像看两个闲散的妇女拆解旧毛衣,一个拽一个缠,同时叽咕交流些琐屑而不乏诗意的话儿。梅当即掏出一个小本子,用阿拉伯文写出"方英文"三个字。

"阿拉伯文必须用左手写吗?"

"不，不，就我用左手写，"她显得不好意思，"小时候养成的习惯。"

"吃饭也用左手？"

"是啊。"

"你有当总统的可能——美国两任总统全用左手。"

她嘴唇动了动，就一个浅笑，终究没说出啥。她似乎拿捏不准当还是不当总统。

我不便，也似无必要打问她因什么"商务"而来西安。能肯定的是，她被雇请当翻译。也没来得及问她与她姑姑的"血缘故事"，时间就快到九点半了。我起身告辞，请她一空闲就通知我。"西安的穆斯林很多，他们的美食驰名四海。"我已安排车辆听候，随时出动陪逛。她说好，神情期待。

整整两天，没有等到她的信息。此时明白，什么叫受雇于人，不由自主。

1月31日正午，她先是语音，我还没来得及摁听，紧接着便是短句式文字信息：

"方英文作家，我非常感谢您。"

"非常感谢您给我翻译您作品的机会。"

"很感谢您。"

"刚到埃及了。"

"等着行李。"

我回了四个字：

"平安，祝福！"

三小时后，她将《太阳语》的阿拉伯文版本链接过来，发表于《新阿拉伯》2015年1月27日。她文字信息说："不只是埃及读者，全世界阿拉伯语读者都能看到。"

说实在话，与那些被多种文字不断翻译的作家相比，我这点事儿着实不值一提。但我依然深受感动。我感动于，在全人类的世俗化名利化的生态里，却仍有人因文学而痴迷，而牵挂万里之外。语言多样，互难理解；但是文学精神，那种破解与沟通，从而使得人类尽可能相知与相亲相爱的精神，如太阳般永不熄灭。

《太阳语》是我早期的一个小作品，不足一千三百字。但他已经扮演了俨然我的长子的角色。父亲出门前，长子总要先行一步，为父亲探路巡视。